Sieh es mit meinen Augen

Marie-Therese Goldmann

GOLDROTH
TUNES & BOOKS

Dritte Auflage Juli 2016

Publiziert: Goldroth Tunes & Books
Cover: © Marie-Josephine Goldmann

ISBN: 978-3-9817974-0-4

Für Pumuckl.

Ich danke dir für die Zeit,
die wir zusammen verbringen durften.

Du warst der beste Freund und Lehrer,
den ich hatte.

Pony, du fehlst mir.

Inhalt:

Sieh es mit meinen Augen

Eine Geschichte aus Sicht eines Pferdes

Marie-Therese Goldmann

GOLDROTH
TUNES & BOOKS

Ein ungewöhnlicher Tag

Entspannt stand ich in meiner Box und fraß genüsslich das für mich vorbereitete Heu. Gerade hatte man mich und meine drei Freunde von der Weide geholt und nach drinnen gebracht. Da der Winter schon vor einer ganzen Weile Einzug gehalten hatte, war das Gras draußen unter dem Schnee kaum zu finden. Hier in meiner Box war es wärmer und es gab ausreichend Futter für mich.

»Danni, kannst du Toffel fertigmachen? Das Mädchen, das ihn anschauen will, kommt in einer halben Stunde!« Ich spitzte ein wenig die Ohren, als die Stimme von Frau Hartmann, wie sie von allen genannt wurde, meinen Namen rief. Ihre Stimme war immer sehr grell.

Einen Augenblick später hörte ich auch schon Schritte, die sich meiner Box näherten. Sie kamen mir bekannt vor. Als die Boxentür sich öffnete, erkannte ich ein vertrautes Gesicht. Frau Hartmann nannte sie immer Danni. Sie war schon oft auf mir geritten und war zumeist freundlich zu mir. Bei ihr gab es vor allem immer etwas zum Knabbern.

»Komm, du dicker Haflinger, es geht los!«, sagte sie und näherte sich mir mit einem Strick in der Hand. Sie befestigte ihn an meinem Halfter – welches mir nach dem Weidegang gar nicht abgenommen worden war – und machte Anstalten die Box mit mir zu verlassen.

Doch etwas machte mich misstrauisch. Ich konnte spüren, dass Danni irgendwie traurig und ängstlich war. Das passte nicht zu ihr. Sie war sonst immer so fröhlich und selbstbewusst.

Ihre eigenartige Stimmung übertrug sich beinahe sofort auf mein Gemüt. Als sie die Box nun verlassen wollte, weigerte ich mich strikt, mit ihr zu gehen. Ich blieb einfach stehen und hatte auch nicht vor, mich einen Millimeter zu bewegen.

»Toffel! Ich bin heute nicht zu Späßen aufgelegt! Komm mit!«, rief sie etwas lauter und um ihre Aussage zu unterstreichen, zog sie lange und kräftig am Führstrick. Schließlich gab ich diesem Druck nach und folgte ihr, wenn auch widerwillig.

Meine Box befand sich fast am Ende der Stallgasse und bis zur Reithalle mussten wir einmal von ganz hinten bis ganz nach vorn laufen. Da es schon später Nachmittag war, befanden sich viele Menschen im Stall. Ich mochte das nicht besonders, denn wenn so viele Personen auf einem Haufen waren, bedeutete das für uns Pferde meist Lärm und Hektik. Diese Leute unterhielten sich über Dinge, die ich nicht verstand, in einer Lautstärke, die für meine Ohren unangenehm war.

Nachdem wir die Stallgasse durchquert hatten, bogen wir zu dem Platz mit den vielen Pfosten ab, an welchem ich immer angebunden wurde. Während Danni meinen Strick dort verknotete, trat ich von einem Huf auf den anderen. Sie hatte mich nun endgültig nervös gemacht. Irgendwas war heute anders, aber ich wusste einfach nicht was. Völlig unerwartet bekam ich von ihr einen Klaps an den Bauch.

»Jetzt steh aber mal still, Toffel! Was ist denn heute nur los mit dir? Das nervt, echt!« Wie gern hätte ich ihr zu verstehen gegeben, dass sie selbst es war, die für meine Unruhe sorgte.

Danni verschwand und kam einen Augenblick später mit der mir vertrauten, roten Box zurück. Sie stellte diese neben mir ab und öffnete sie. Neugierig schnupperte ich – meine liebe, gute Danni hatte doch sicherlich etwas Leckeres für mich darin aufbewahrt. Ich stupste das Mädchen leicht an, als sie mir den Rücken zudrehte und hoffte, sie würde mir etwas Köstliches abgeben. Es war das erste Mal an diesem Tag, dass Danni's Angst und Trauer ein wenig von ihr verschwanden und sie lachte.

»Ich weiß, was du willst. Hier, bitte!« Sie drehte sich um und hatte auf ihrer Hand ein Stückchen Apfel liegen. Ich ließ mir das nicht zweimal sagen. Während ich nun genüsslich kaute, begann Danni mich mit ihren Putz-Dingern zu pflegen. Wenn mich jemand putzte, schloss ich meist ein bisschen die Augen und entspannte mich.

Als sie fertig war, mein Fell und meine Mähne zu säubern, stellte sie sich seitlich neben mich und fuhr mit ihrer Hand an meinem Bein hinunter. Ich wusste, das war das Signal, dass ich ihr meinen Huf in die Hand geben sollte. Also tat ich, was sie wollte, wie auch bei den drei anderen Beinen.

Nachdem sie damit fertig war, verschwand sie wieder und tauchte einige Augenblicke später mit der Ausrüstung auf, die sie mir immer umschnallte, bevor sie sich auf mich setzte. Zuerst wuchtete sie den Sattel auf mich hinauf. Weil sie so klein und zierlich war, warf sie ihn jedes Mal schwungvoll auf mich, wodurch er schmerzhaft auf meinen Rücken plumpste. Dann zog sie den Gurt unter meinem Bauch zu. Hierbei atmete ich immer tief ein und hielt die Luft dann an. So war er nicht so fest – das hatte ich im Laufe der Jahre gelernt. Aber Danni kannte mich. Als ich die Luft aus meinen Lungen entweichen ließ, zog sie den Gurt noch einmal schnell nach. Ich schnaufte und legte sofort die Ohren an. Ich hasste das einfach.

Dann kam das nächste Utensil auf mich zu. Die Trense - die zusammengesetzten Lederriemen, die das Metallteil im Maul hielten, auf dem ich herumkauen musste. Der Geschmack war furchtbar und im Winter war es beinahe unerträglich, wenn ich plötzlich dieses kalte Ding auf der Zunge hatte. Trotzdem ließ ich alles über mich ergehen.

Nun, nachdem auch die Trense an meinem Kopf festsaß, kam der letzte Ausrüstungsgegenstand. Diesen verabscheute ich fast so sehr wie das Metallding in meinem Maul. Es war der Ausbinder. Zumindest nannten die Menschen ihn so. Er bestand aus festen Stricken, die an meiner Trense und an dem Gurt vom Sattel befestigt wurden. Das sorgte bei mir dafür, dass mein Kopf nach unten gezogen wurde und ich ihn nicht mehr allein hochziehen konnte. Wenn ich es versuchte, dann drückte das Metallding in meinem Maul. Außerdem bekam ich dazu noch starke Rückenschmerzen, da ich mich nicht so bewegen konnte, wie ich es in der freien Natur tun würde. Trotzdem ließ ich das alles, wie jeden Tag, über mich ergehen.

Als Danni mich schließlich fertiggemacht hatte, setzte sie sich ihr komisches, schwarzes Ding auf den Kopf und führte mich am Zügel in die Reithalle. Seltsamerweise war noch gar nicht viel los, es befanden sich nur zwei andere Pferde darin. Beide kannte ich nicht so gut, denn sie waren weder in der Nähe meiner Box untergebracht, noch war ich mit ihnen auf der Weide. Trotzdem war ich froh, nicht ganz allein unter den Menschen zu sein.

»Tür frei?«, rief Danni laut und meine Ohren zuckten bei dem plötzlichen, lauten Ausruf.

»Ist frei!« rief eine andere Person aus der Halle zurück und ich sah in ihre Richtung. Es war die Frau, die auf dem Schimmel im hinteren Teil der Halle ritt.

»Na dann wollen wir mal«, sagte Danni in etwas leiserem Tonfall und führte mich in die Mitte dieses großen, sandigen Raumes, wie gern hätte ich mich jetzt einfach hingelegt und genüsslich gewälzt. Dort zog sie noch einmal ruckartig an dem Gurt an meinem Bauch. Da ich so überrascht davon war, hatte ich keine Gelegenheit noch einmal die Luft anzuhalten und er saß straffer denn je.

Nachdem sie damit fertig war, ließ sie sich in den Sattel fallen und legte ihre Beine an meinen Bauch. Durch den Druck, den sie damit erzeugte, machte sie mir klar, dass ich nach vorn laufen sollte. Um mir die Richtung zu weisen, zog sie mal an der einen, mal an der anderen Seite der Zügel. Dadurch spürte ich einen ständigen Schmerz in meinen Mundwinkeln und auf meiner Zunge, welcher von den Menschen scheinbar gewollt war, so schien es mir. Wenigstens war Danni ein Mensch, welcher diesen Druck auch wieder wegnahm, wenn ich etwas richtig machte.

Oftmals hatten schon andere Menschen auf mir gesessen, welche die ganze Zeit diese Spannung aufrechterhalten hatten. Das war für mich nach längerer Zeit beinahe unerträglich. Eine Weile lief ich nur in gemächlichem Schritt durch die Halle. Ich fühlte mich sogar recht ruhig, bis ich spürte, wie sich Danni's Körperhaltung plötzlich anspannte. Sie fasste die Zügel kürzer und steuerte mich in Richtung Hallenausgang.

Was war denn jetzt los? Es war nicht angenehm für mich, wie Danni dort oben auf mir saß. Sie reagierte überhaupt nicht mehr auf meine Bewegungen und war steif wie ein Brett.

Da erkannte ich drei Menschen, die in der Hallentür standen. Eine Person davon kannte ich. Es war Frau Hartmann, die immer dabei war, wenn kleine Kinder auf mir reiten übten. Doch die beiden anderen Zweibeiner kannte ich nicht. Es waren eine Frau und ein Mädchen. Sofort fiel mir auf, dass von der größeren Frau ein schrecklicher Geruch ausging. So etwas hatte ich schon einige Male, besonders an Menschenfrauen, wahrgenommen. Es stank regelrecht; meist süßlich und überhaupt nicht natürlich. Das Mädchen roch glücklicherweise nicht so. Mir fiel auf, dass sie gerade so groß war, dass sie mir über den Rücken hätte schauen können.

»Danni, danke fürs Fertigmachen von Toffel. Frau Redrich, Katja, das hier ist Daniela oder auch Danni, wie wir sie nennen. Sie reitet Toffel von allen hier am häufigsten und kennt ihn gut. Danni, das sind Katja, die sich unseren Wirbelwind gern anschauen würde und ihre Mutter, Frau

Redrich.«

Danni hatte mich vor den drei Personen anhalten lassen und war abgestiegen. Nun stand sie neben mir. »Freut mich...«, sagte sie und ich spürte sofort wieder eine Woge der Trauer heranrollen, welche von ihr ausging. Wieder begann ich, unruhig hin und her zu tänzeln. »... Ich habe Toffel jetzt schon ein bisschen warm gemacht, willst du dich gleich mal draufsetzen oder soll ich ihn erst einmal reiten und du schaust zu?«

»Ich würde dir gern erst einmal zuschauen und mich danach noch einmal draufsetzen, wenn's in Ordnung ist«, sagte das Mädchen. Sie hatte eine leise, angenehme Stimme. Das wusste ich an Menschen immer sehr zu schätzen.

»Gut!«, meinte Danni und setzte sich wieder auf mich. Mir war überhaupt nicht klar, was los war, allerdings konnte es nicht sonderlich gut sein. Meine Reiterin war noch immer völlig verkrampft und hielt die Zügel fest in der Hand. Sie steuerte mich zunächst im Schritt, dann auch im Trab und im Galopp durch die Halle. Es war ganz wie sonst auch immer, nur dass ich unentwegt Danni's Trauer und Angst spüren konnte. Das irritierte mich sehr. Durch ihre angespannte Haltung deutete ich mehrfach ihre Signale falsch und sie reagierte darauf mit mehr Druck auf das Metallding. Einmal benutzte sie sogar das Ding, was sie alle „Gerte" nannten. Davor hatten ich immer großen Respekt. Meist klatschten die Menschen damit auf meine Hinterhand und hinterließen damit ein schmerzhaftes Gefühl entlang meiner Flanke.

Während ich so schrecklich von Danni geritten wurde,

verließen die beiden anderen Pferde schon wieder die Reithalle und ich war ganz allein unter den Menschen. Am liebsten wäre ich ihnen gefolgt und musste das dringende Bedürfnis unterdrücken, laut nach ihnen zu rufen. Ich wusste, wenn ich das tat, würde ich eine Bestrafung durch meine Reiterin kassieren. Das Ganze ging noch eine Weile so weiter und ich fühlte mich immer elender. Danni war wirklich noch nie zuvor so seltsam gewesen. Sie saß normalerweise sehr geschmeidig im Sattel und nicht so steif. Als sie mich schließlich wieder in einen ruhigen Schritt brachte und mich erneut zum Hallenausgang dirigierte, dachte ich, ich hätte es für den heutigen Tag geschafft. Endlich, so dachte ich, könnte ich wieder in meine ruhige Box einkehren und Heu fressen. Doch leider blieb es nur bei dieser Wunschvorstellung. Danni ließ mich kurz vor dem Tor anhalten und stieg wieder von mir ab. Ich bemerkte, dass die drei Menschen noch immer da waren. Diesmal kam das Mädchen, was ich nicht kannte, sogar auf mich zu.

»Also von mir aus kannst du ihn jetzt reiten, wenn du willst«, hörte ich Danni sagen.

Und das fremde Mädchen antwortete: »Ja, sehr gerne. Hast du irgendwelche Tipps oder so? Was mag er, was mag er nicht so?«

»Die Gerte mag er nicht so sehr, benutze die am besten nur, wenn es nicht anders geht. Ansonsten würde ich sagen, probier ihn einfach mal aus. Er ist eigentlich ein recht umgängliches Pferd.« Danni's Traurigkeit war erneut allgegenwärtig. Ich wollte so gern weg sein, in meiner Box, wo ich nicht mehr ihrer Stimmung unterlag. Sie reichte die Zügel an das fremde Mädchen weiter und ging zu den beiden anderen Menschen.

Das fremde Mädchen war auch nicht sehr ruhig. Sie strahlte Unsicherheit aus, weswegen ich mich nicht besser fühlte. Sie stand seitlich neben meinem Hals und ich hörte wieder ihre äußerst angenehme Stimme. »Hallo du. Na, wie geht es dir? Ich bin Katja. Mal sehen, ob wir beide uns auch verstehen werden.« Während sie mit mir sprach, strich sie leicht über meinen Hals und kraulte zum Schluss meine Nüstern. Dann schaute sie noch einmal zu den anderen Menschen zurück und sagte diesmal etwas lauter: »Ich möchte gern ohne Ausbinder reiten. Davon halte ich nicht so viel. Wenn das für Sie in Ordnung ist, Frau Hartmann?«

Aus dem Augenwinkel konnte ich erkennen, wie die Reitlehrerin sich uns näherte. Irgendetwas schien hier wieder nicht zu stimmen, denn sie bewegte sich etwas zögernd fort. Das war sonst überhaupt nicht ihre Art. Auch ihre Stimme war seltsam – dumpf und langsam. »Nun, also meinetwegen. Aber es schadet ihm nicht, er kennt das schon, seit er eingeritten wurde. Aber wenn du das unbedingt möchtest, Katja, dann schnallen wir ihm die Ausbinder ab und ich nehme sie mit vor.«

»Dankeschön«, sprach Katja. Daraufhin drehte sie ihren Körper erneut in Richtung meines Rückens – sie saß jedoch nicht auf, sondern hantierte an meiner Ausrüstung herum.

Überrascht stellte ich fest, dass sie erst meine Ausbinder lockerte und sie dann ganz abmachte. Das war seltsam. Ich wurde sonst nie ohne diese Dinger bewegt. Sie drückte sie Frau Hartmann in die Hand und diese drehte sich steif um und ging weg. Dann ließ Katja sich vorsichtig in den Sattel gleiten, also ganz anders, als es bei Danni der Fall gewesen war.

***

Nachdem das Mädchen am Anfang noch ein wenig unruhig gewesen war, wurde es mit jeder Runde besser, die sich mich durch die Halle steuerte. Sie war dann auch lange nicht so verkrampft wie ihre Vorreiterin. So gelang es mir nun ebenfalls, meine Muskeln zu lockern. Endlich konnte ich entspannter laufen, was mir selbst im Trab und Galopp zugute kam. Zumindest, so weit es meine Ausrüstung zuließ. Doch schon die Tatsache, dass ich keine Ausbinder trug, machte es angenehmer für mich.

Das Mädchen erzeugte oft schnalzende Geräusche und ich hatte einige Zeit gebraucht, um mir darüber klar zu werden, was es bedeutete. Es schien, als wolle sie mir damit sagen, dass ich schneller laufen oder eine schnellere Gangart wählen sollte. Leider hielt sie die Zügel recht fest in ihrer Hand und meine Mundwinkel taten mir weh, da ja Danni vorhin schon so grob gewesen war.

Nach einer Weile durfte ich erneut im Schritt durch die Halle laufen und das Mädchen ließ die Zügel schließlich locker. Durch die Erfahrung, die ich als Reitpferd bisher erworben hatte, wusste ich, dass wir damit dem Ende der

Reitstunde nahegekommen waren. Endlich konnte ich meinen Kopf nach unten sinken lassen. Die Tasthaare, die an meinem Maul entsprangen, streiften leicht den sandigen Boden und ich schnaubte reflexartig. Die zuvor angestaute Anspannung fiel nun von mir ab.

Meine Reiterin war nun ebenfalls sehr entspannt und wir zogen noch einige Runden durch die Halle. So gefiel mir diese Reiterei schon fast. Um die Position des Metalldings in meinem Maul zu verändern, fing ich an zu kauen und meine Mundwinkel schmerzten dadurch nicht mehr so sehr.

Schließlich steuerte das Mädchen mich, an diesem Tag nun das dritte Mal, zum Hallenausgang und stieg dort ab. Danni, Frau Hartmann und die andere Frau kamen auf uns zu.

»Das sah doch sehr gut aus!«, lobte Frau Hartmann.

»Ja Katja, ihr beide habt wirklich einen guten Eindruck gemacht! Als würdet ihr richtig gut miteinander auskommen!«, meinte die andere Frau.

Danni trat von einem Fuß auf den anderen. Zum wiederholten Male durchfuhr mich ihre Nervosität. Dazu kam der schreckliche Geruch, den die fremde Frau ausstrahlte. Er vernebelte mir den Kopf und Unbehagen machte sich in mir breit.

»Wo kann ich ihn denn absatteln?«, fragte das Mädchen. Sie hatte sich nach dem Absteigen neben meinen Kopf gestellt und kraulte mich an Hals und Schulter, während sie sprach.

»Dort drüben! Da steht auch schon die rote Putzbox von

Danni und das grüne Halfter, welches du da hängen siehst, ist von Toffel«, erklärte Frau Hartmann.

Das Mädchen führte mich wieder zurück zu den Anbinde-Pfosten von vorhin und begann damit, mich von der Reitausrüstung zu befreien. Zuerst nahm sie mir die Trense ab und setzte mir mein Halfter wieder auf. Dann erlöste sie mich von dem straff gegurteten Sattel, den Danni vor dem ersten Antraben noch einmal richtig festgezurrt hatte. Während der ganzen Zeit redeten die Menschen miteinander.

»Das ist wirklich ein sehr hübscher Wallach. Katja hat schon immer was für Haflinger übrig gehabt. Wie groß ist er denn?« fragte die mir unbekannte Frau.

»Toffel ist 1,45 Meter groß. Charakterlich ist er meiner Meinung nach auch einwandfrei, wir wissen ja alle, dass Haflinger nun mal einen Dickschädel haben. Aber dafür ist er mit seinen sieben Jahren recht umgänglich. Wie alt warst du noch gleich, Katja?«, fragte Frau Hartmann.

»Ich bin 15 und reite jetzt schon seit ... nun ja, bestimmt zehn Jahren. Ich hätte aber auch noch eine Frage: Im Internet stand, er wäre nicht verladefromm. Was heißt das? Geht er gar nicht auf den Hänger oder braucht es nur viel Geduld?« Das war die Stimme des Mädchens.

»Also freiwillig kriegt ihn keiner dort hoch. Das ist bisher immer ein Geduldsspiel gewesen. Der Erfahrung nach kann ich nur sagen: Longe hinten dran und Geduld mitbringen, dann geht er auch nach einer Weile da rein. Man muss halt schon zeitig anfangen mit dem Verladen, wenn man rechtzeitig irgendwo sein will«, sagte Danni.

»Gut, in Ordnung, da weiß ich zumindest Bescheid. Im Grunde muss das bei uns auch nicht so oft sein. Ich bin kein Turnierreiter«, meinte das Mädchen. Nachdem sie mir den Sattel abgenommen hatte, strich sie mir einen Moment gedankenverloren über den Rücken, ehe sie realisierte, dass ich schweißnass war.

»Habt ihr hier eine Decke für ihn?«, fragte sie. Ich sah aus dem Augenwinkel, wie Danni die Reitausrüstung in die Hand nahm und wegging, ehe sie mit meiner vertrauten roten Decke zurückkam. Das Mädchen legte sie mir auf den Rücken und ich freute mich auf meine Box und das darin liegende Heu. Doch niemand machte Anstalten mich loszumachen und wegzubringen. Sie standen alle um mich herum und redeten miteinander.

»Wie oft in der Woche wird er denn bewegt und was wird meistens mit ihm gemacht? Insbesondere würde mich ja interessieren, ob er viel gesprungen wird ... Ein Springpferd wollte ich eigentlich nicht für meine Tochter haben!«, sagte die unbekannte Frau und lachte laut.

Frau Hartmann deutete zu Danni. »Das kann sie am besten erklären. Er lief ein Jahr bei uns im Schulbetrieb, aber dafür war er einfach zu bockig. Die kleinen Kinder sind mit ihm nicht klargekommen, er braucht halt eine feste Hand.«

»Ja, ich reite ihn jetzt seit einem Jahr regelmäßig, hab ihn jetzt zwei, drei Mal in der Woche bewegt, als eine Art Reitbeteiligung. Dressur eher weniger, aber ich bin auch nicht viel mit ihm gesprungen, höchstens mal über ein paar

Cavaletti oder einen kleinen Steilsprung. Ich glaube, das ist auch nichts für ihn, dafür ist er einfach zu faul. Wir waren im Sommer oft im Gelände unterwegs, aber da ist er immer ganz schön nervös gewesen. Das ist definitiv noch ausbaufähig«, meinte Danni.

Eine Weile lang unterhielten sich alle noch und immer wieder fiel mein Name. Ich wurde allerdings immer unruhiger. Es war nicht gerade meine Stärke so lange an einer Stelle zu stehen. Hier konnte ich nicht aus dem Fenster meiner Box schauen, nicht fressen und war nicht in der Nähe meiner Freunde. Also begann ich auf mich aufmerksam zu machen und scharrte mit einem Vorderhuf über den Steinboden. Da ich Hufeisen besaß, klang das sehr laut und die Menschen um mich herum bemerkten, wie unzufrieden ich war.

»Wo ist denn seine Box? Ich würde ihn noch mit wegschaffen«, sagte das Mädchen, von dem ich mittlerweile annahm, dass sie „Katja" hieß. Immer wenn jemand nämlich diesen Namen aussprach, drehte sie sich zu ihm um, so wie ich das auch machte, wenn ein Mensch den Namen „Toffel" sagte. Endlich machte mich das Mädchen – Katja – los und wir liefen durch die Stallgasse bis zu der Box, die schon seit einigen Jahren mein Eigen war. Dort befreite sie mich von dem Halfter, welches sie erst vorhin auf meinen Kopf gesetzt hatte. Kurzerhand drehte ich ihr den Rücken zu und machte mich über das Heu her, was unter dem Fenster lag. Obwohl ich ihr zu verstehen gegeben hatte, dass ich nun nichts mehr von ihr wissen wollte, trat Katja noch einmal an mich heran und kraulte meinen Hals leicht. Ich fraß einfach weiter und hoffte, sie würde gleich gehen.

Doch sie stand noch eine Weile neben mir und ich hörte ihre Stimme, mit der sie leise in mein Ohr flüsterte: »Sir Toffka heißt du, also das steht zumindest auf dem Schild drauf, was draußen an der Boxentür befestigt ist. Weißt du, ich finde Toffel klingt wie ... Stoffel. Das klingt als wärst du blöd. Aber das bist du nicht, stimmt's? Im Gegenteil, du bist doch sicher ein ganz schlaues Pony. Ich werde dich also Toffka nennen, in Ordnung?« Sie ließ ihre Hand einen Moment auf meinem Hals liegen und bewegte sich nicht. Dann sagte sie noch schnell: »Machs gut, Toffka. Ich hoffe, wir sehen uns bald wieder!« und verließ mit diesen Worten die Box. Mit einem Knall schlug die Boxentür zu und sie lief davon. Endlich hatte ich Ruhe vor den Menschen!

Der Pferdehänger

Die nächsten paar Tage waren nicht mehr so seltsam wie dieser eine Tag, an dem Danni so traurig gewesen war und das fremde Mädchen mich geritten hatte. Danni kam nun jeden Tag zu mir (was untypisch für sie war) und ritt besonders ausgiebig auf mir. Sie war wieder entspannter geworden, wenn sie auf meinem Rücken saß und auch ich fühlte mich nicht mehr so schlecht dabei. Ihre Gefühlslage hatte sich, zu meiner Freude, wieder normalisiert. Leider stellte ich bald fest, dass dieser Zustand nicht sehr lange angehalten hatte.

An einem sehr stürmischen und verregneten Tag kam sie erneut zu mir und war völlig durcheinander. Ich hörte Danni's Schritte auf der Stallgasse. Sie näherten sich meiner Box und ich machte mich innerlich darauf gefasst, von ihr mitgenommen zu werden. Schon öffnete sich die Boxentür hinter mir und ich hörte das Rascheln ihrer Füße im Stroh. Nun tauchte sie seitlich neben mir auf. Zu meiner Überraschung machte sie keine Anstalten, mir ein Halfter aufzusetzen und mich mit nach draußen zu nehmen. Stattdessen setzte sie sich neben den Heuhaufen, von dem ich gerade fraß. Etwas zittrig streckte sie eine Hand aus und berührte meine Schulter.

Von ihr ging eine Traurigkeit aus, die ich, in dieser Intensität, noch nie gespürt hatte. Es fühlte sich schrecklich an und war noch viel schlimmer, als es an diesem einen, seltsamen Tag gewesen war. Danni ließ ihre Hand nun an meinem Hals entlang bis zu meinen Nüstern wandern. Während sie mit einer hohen und zugleich zerbrechlichen Stimme mit mir sprach, strich sie immer wieder über das samtige Fell meiner Nase.

»Ach mein Toffel ... Ich habe so gehofft, dass die blöde Kuh sich nicht meldet. Ich dachte, weil jetzt zwei Wochen lang keiner von denen angerufen hat, haben sie sich ein anderes Pferd gesucht. Und jetzt wollen sie ausgerechnet dich! Wieso können meine Eltern dich nicht einfach kaufen? Dann wären wir zusammen und uns könnte nichts trennen. Es ist so ... so ... so ungerecht!«

Danni machte sich ganz klein, rollte sich regelrecht in sich zusammen und gab einige komische Geräusche von sich. Dabei zitterte sie am ganzen Körper. Ich konnte ja nicht wissen, dass Menschen weinen, wenn sie traurig sind. Immerhin machten wir Pferde so etwas nicht. Ich spürte nur ihre unglaubliche Trauer, die jetzt voll auf mich übergegangen war und ich stupste sie mit meinen Nüstern an, doch sie reagierte nicht. Ich gab also auf und fraß weiterhin mein Heu. Ab und an hob ich erschrocken den Kopf. Es hatte begonnen zu regnen und die Tropfen trommelten laut gegen die Scheibe meines Fensters.

Erst nach einer ganzen Weile schaute Danni wieder zu mir und begann damit, mich erneut zu kraulen. »Die blöde Frau Hartmann freut sich auch noch darüber. Kannst du dir das vorstellen? Diese dumme Kuh weiß doch, wie viel du mir bedeutest! Sie sagte, die können dich diese Woche schon haben. DIESE Woche! Bis Samstag sind es nur noch drei

Tage ... Das ist so ungerecht! Ich hab dich so lieb, Toffeli. Was soll ich denn nur ohne dich machen? Ich will auf keinem anderen Pferd reiten! Ich will dich doch behalten!«

Wieder machte sie diese komischen Geräusche und es verging viel Zeit, bis sie aufstand und meine Box verließ. Ich blieb verständnislos zurück. Nicht mal ein Leckerchen hatte ich bekommen. Dabei hatte sie sonst immer wenigstens ein Stück Apfel für mich übrig gehabt! Also schaute ich ihr nicht weiter nach, sondern widmete mich erneut meinem Heu.

Bald verblassten die Erinnerungen an meine liebe Danni, denn ich sollte sie nie wieder sehen.

***

Einige Tage später durfte ich plötzlich nicht mehr mit meinen Freunden auf die Weide gehen. Alle wurden am Morgen nach draußen gebracht, nur ich musste in meiner Box bleiben. Ich rief laut nach ihnen, immer und immer wieder, aber ich hörte keine einzige Antwort.

Stattdessen kam nach einer ziemlich langen Zeit Frau Hartmann in meine Box und machte mir mein Halfter um. Sie roch heute wieder furchtbar. Dass wir Pferde einen guten Geruchssinn haben, schienen viele Menschen zu vergessen. Oftmals hatte Frau Hartmann mich am Strick geführt und dabei mit einem kleinen, dünnen Stäbchen graue Wolken in die Luft geblasen. Dieser Rauch war es, der so schrecklich stank. Meistens blieb er noch sehr lange an den Menschen haften und wir mussten es ertragen.

Als sie den Führstrick angebracht und die Boxentür aufgemacht hatte, dachte ich, ich dürfe nun wie meine anderen Freunde auf die Weide. Also drängelte ich mich zwischen Frau Hartmann und dem Türrahmen hindurch.

»Hey! Hey Toffel!«, rief Frau Hartmann und hatte Mühe mich festzuhalten. Trotzdem zog ich energisch weiter an dem Strick und lief zur Stalltür, fest entschlossen, zu meinen Freunden zu gelangen. Dies war allerdings nicht in Frau Hartmanns Interesse. Völlig überraschend zerrte sie dreimal mit aller Kraft an dem Führstrick. Ich erschrak fürchterlich und verlangsamte meinen Schritt. Das machte sie oft, wenn ich zu schnell lief. Dadurch bekam ich Schmerzen am Kopf, genau dort, wo das Halfter lag.

»Na also...«, brummte sie und zog mich nun in Richtung des Platzes mit den Pfosten, nicht zum Stallausgang. Ich versuchte weiterhin, mich zu wehren und zu der Weide zu laufen. Doch Frau Hartmann hielt den Führstrick fest in ihrer Hand umklammert.

»Janine!«, schrie diese Angst einflößende Person, »Mach mal bitte das blöde Tor zu, sonst haut Toffel uns gleich hier ab!« Der Lärm, den sie mit ihrer Stimme verursachte, war unerträglich für meine Ohren. Allerdings war er normal für sie, was sie mir noch unsympathischer machte. Vor lauten und ruppigen Menschen hatte ich sogar ein bisschen Angst. Auch der Mann, der häufig kam und komische Dinge mit meinen Hufen machte, war so ruppig und laut wie sie. Ich zuckte erneut vor Angst und Schrecken zusammen, als das Stalltor mit einem dröhnenden Knall zufiel.

Die Reitlehrerin befestigte meinen Strick schließlich an einem der Pfosten und verschwand schnellen Schrittes. Sie ging in den Raum, aus welchem Danni immer meine Reitausrüstung hervorholte. Frau Hartmann kehrte nach einem kurzen Augenblick aber schon wieder zurück. In der Hand hielt sie eine große Kiste. Schnell und ohne viel Gefühl begann sie mein Fell zu bürsten.

Alle waren an diesem Morgen so hektisch. Es war völlig unverständlich für mich. Was war denn heute nur los? Ich hasste es, wenn ich nicht wusste, was mich erwartete. Allerdings war ich mir ziemlich sicher, dass das alles nichts Gutes bedeutete.

»Janine?«, rief Frau Hartmann neben meinem Ohr.

»Ja?!«, schrie es zurück.

»Kannst du mir mal bitte die Transportgamaschen holen? Wir müssen uns jetzt beeilen, sonst kommen wir nie pünktlich an! Immerhin müssen wir Toffel noch auf den Hänger kriegen!« Das Mädchen, von dem ich wusste, dass sie Janine hieß, kam nach einer Weile zu mir und der ruppigen Frau Hartmann. In der Hand hatte sie einige große Dinger, die mir bekannt vorkamen. In meinem Kopf suchte ich nun nach dem Wort dafür. Da fiel es mir wieder ein – und auch deren Verwendungszweck wurde mir bewusst. Als mir die Transportgamaschen angelegt worden, schwante mir Böses und ich wurde immer unruhiger. Sie wollten doch nicht etwa mit mir ...?

Dann wurde ich nach draußen geführt, Frau Hartmann hielt mich mit festem Griff am Strick. Mein Nacken schmerzte schon, weil ich ständig gegen den Druck ankämpfte, den sie mir mit dem Halfter im Nacken verursachte. Dazu kam, dass es mir schwerfiel, mit den Dingern an meinen Beinen anständig laufen zu können. Ich stakste den Menschen regelrecht hinterher. Trotz der furchtbaren Gamaschen hatte ich noch die Hoffnung, ich dürfte nach draußen zu den anderen Pferden. Doch dann sah ich ihn: den Pferdehänger. All meine Befürchtungen wurden damit bestätigt.

Als dieses schreckliche Ungetüm in mein Blickfeld gekommen war, blieb ich also sofort wie angewurzelt stehen. Mit aller Kraft wehrte ich mich dagegen, noch weiter darauf zuzugehen, obwohl er noch ein ganzes Stück entfernt stand. Aber er war geöffnet und das bedeutete für mich, dass ich dort hinein musste. Zumindest, wenn es nach den Menschen ging.

»Janine! Kommt ihr jetzt mal alle her? Wir müssen jetzt mal ein bisschen losmachen hier!«, schrie Frau Hartmann mir ins Ohr. Schräg hinter mir tauchten nun drei Menschen auf, eine davon war Janine. Die anderen beiden Menschen, die ihr hinterherliefen, kannte ich kaum. Zwei von ihnen hielten die lange Leine in der Hand, welche von allen „Longe" genannt wurde. Janine hatte allerdings das viel furchteinflößendere Utensil dabei: die Gerte.

Mein Herz raste, ich war voller Angst, doch niemand schien darauf Rücksicht zu nehmen. Die zwei Mädchen, die mit Janine hinzugekommen waren, teilten sich nun auf. Eine stand rechts neben mir, die andere links. Sie hatten beide die

Longe in der Hand und hinter mir lang gezogen, sodass ich sie an meinem Hinterteil spüren konnte.

»Also, los geht's! Kräftig ziehen und wenn gar nichts mehr geht, gibt es noch ein paar mit der Gerte hinten drauf«, sagte Frau Hartmann. Plötzlich zog sie mit aller Kraft an meinem Halfter und die beiden Mädchen zogen gleichzeitig an der Longe. Das führte dazu, dass ich das Gefühl hatte, ich könnte nicht mehr rückwärtsgehen. So zerrten und schoben sie mich immer näher zu dem Pferdehänger hin und meine Panik stieg weiter und weiter an. Ich versuchte zwar, mich zu wehren, aber gegen drei Menschen fiel es mir zunehmend schwerer. Schließlich waren wir an der Rampe angekommen und Frau Hartmann lockerte einen Moment den Druck auf mein Halfter. Eines der beiden mir unbekannten Mädchen, knotete den Teil ihrer Longe seitlich am Hänger fest. Dann stellte sie sich oben neben der Trennwand auf die Rampe. Sie steckte einmal kurz die Hand in ihre Jackentasche und zog sie wieder hinaus – nun hatte sie ein paar kleine Möhrenstücke auf der Handfläche liegen. Mit denen versuchte sie mich offensichtlich in den Hänger zu locken. Doch mir war nicht nach Futter, ich wollte einfach nur weg von diesem Ungetüm und den verständnislosen Menschen. Frau Hartmann verstärkte nun wieder den Druck auf den Strick und damit auch auf mein Halfter. Nun ging sie vor mir die Rampe hinauf. Natürlich dachte ich im Traum nicht daran, ihr zu folgen. Schließlich standen wir uns frontal gegenüber und sie zog an dem Strick.

»Tanja, geh mal bitte Daisy an der Longe helfen, ihr

braucht mehr Zug!«, dröhnte Frau Hartmanns Stimme. Ich beobachtete wie das Mädchen, was eben noch neben der Trennwand gestanden hatte, sich in Bewegung setzte. Sie ging zwischen mir und Frau Hartmann hindurch und sprang von der Rampe hinunter. Dann gesellte sie sich zu dem anderen Mädchen. Beinahe sofort spürte ich den immensen Druck der Longe an meinem Hinterteil. Doch noch immer weigerte ich mich, auch nur einen Schritt weiterzugehen. Da sauste zum ersten Mal die Gerte auf meine Kruppe und ich machte vor Schreck einen Satz nach vorn.

»Sehr gut! Gleich noch einmal!«, jubilierte Frau Hartmann und zog noch energischer an dem Führstrick. Beinahe sofort klatschte die Gerte wieder auf mein Hinterteil. Das brachte mich in meinem Stress noch mehr durcheinander. Ich hatte jetzt sogar das getan, was diese hektischen Personen von mir wollten! Ich war einen Schritt hinauf in den Hänger gegangen. Trotzdem war ich mit einem Schlag bestraft worden. Was war denn nur los? In meiner Verwirrtheit und Panik sah ich nur noch einen Ausweg. Da der Weg nach hinten versperrt war, musste ich nach vorn, damit mich die Menschen in Ruhe ließen. Selbst wenn es bedeutete, dass ich dafür in den Hänger musste. Also folgte ich Frau Hartmann in die Dunkelheit hinein. Als ich oben stand, konnte ich aus den Augenwinkeln wahrnehmen, dass eines der Mädchen hinter mir eine Stange einlegte. So konnte ich nicht mehr rückwärts hinaus. Dann wurde ich vorn angebunden und Frau Hartmann verschwand aus einer kleinen Tür seitlich neben mir. Einen kurzen Augenblick später knallte es laut hinter mir und Dunkelheit umfing mich. Die Hängerklappe war nun geschlossen und ich war allein.

Das letzte Mal, als ich auf einen Hänger hatte gehen müssen, war ich sofort wieder rückwärts hinausgeschossen. Danach hatte Frau Hartmann mich so oft geschlagen, dass ich nun starr dastand und es nicht wagte, mich zu bewegen. Draußen hörte ich die Menschen noch miteinander reden.

»Eine dreiviertel Stunde! Wisst ihr, wie heiß mir ist? Dieses dickköpfige Pony! Nur weil der mich wieder ärgern will!«, hörte ich Frau Hartmanns barsche Stimme. »Aber jetzt erst einmal los. Wir sind sowieso schon zu spät dran.«

Dann hörte ich draußen Schritte, zweimal knallte es laut und der Hänger begann zu schwanken.

***

In einem Pferdehänger zu sein, war für mich jedes Mal ein schreckliches Erlebnis. Ich verstand einfach nicht, was um mich herum geschah. Immer wieder wackelte der gesamte Hänger. Ich musste ständig darum kämpfen, das Gleichgewicht zu halten. Der Lärm dazu war beinahe unerträglich. Und auch meine Nase wurde nicht geschont. Es roch in diesem schrecklichen Ding nach Pferdeäpfeln; meist von anderen, mir unbekannten Pferden. Vermischt war das Ganze mit vielen sehr unnatürlichen Gerüchen. Da Frau Hartmann vorhin mit in dem Hänger gewesen war, nahm ich ebenfalls noch den leichten Geruch von ihrem seltsamen, stinkenden Rauch wahr.

Plötzlich stellte ich fest, dass mein Magen grummelte. Seit heute Morgen hatte ich nichts mehr zu mir genommen. Als ich von den Menschen zum Hänger gebracht worden war, hatte ich zudem vor Aufregung oft geäpfelt. Leider traute ich mich nicht zu fressen, obwohl direkt vor mir sogar Möhren in einem Trog lagen. Bei meiner letzten Hängerfahrt hatte ich mich daran versucht, doch dann hatte der Anhänger mit einem Mal ganz fürchterlich geschwankt und ich war mit meinen Nüstern gegen die Vorrichtung geknallt.

Ich hatte also nichts, womit ich mich ablenken konnte und scharrte laut und oft mit den Hufen. Gelegentlich wieherte ich laut und verzweifelt nach meinen Freunden. Doch niemand reagierte darauf. Die zwei Fenster, die sich rechts und links über mir befanden, waren leider viel zu hoch für mich. Da sie allerdings sehr verschmiert waren, hätte ich wahrscheinlich auch nichts sehen können, selbst wenn ich groß genug gewesen wäre.

Mir kam es vor, als wäre ich Ewigkeiten in diesem engen, grausamen Gefängnis gewesen - da kam der Hänger mit einem Mal zur Ruhe. War es endlich vorbei? Tatsächlich hörte ich nun wieder Frau Hartmanns Stimme, die von draußen zu kommen schien. Dann vernahm ich noch einige Geräusche hinter mir, die ich immer wahrnahm, kurz bevor sich die Hängerklappe öffnete. Aufgeregt begann ich erneut, mit den Hufen zu scharren.

Ein unbekannter Ort

Ich rief nun laut nach meinen Freunden. Zu meinem Erstaunen hörte ich diesmal sogar eine Antwort, doch die Stimme des Pferdes war mir gänzlich unbekannt. Um zu erfahren, wer das war, antwortete ich auch gleich wieder. Plötzlich tauchte Frau Hartmann seitlich neben mir auf und gab mir einen Klaps auf die Nase.

»Jetzt mach mal nicht so einen Aufstand, da fallen mir ja die Ohren ab! Meine Güte!« Sie befestigte an meinem Halfter wieder einen Strick und stellte sich dann vor mich. »Du kannst jetzt aufmachen Janine!«, rief sie an meinem Ohr vorbei. Ich hörte hinter mir erneut ein Geräusch, doch konnte meinen Kopf nicht drehen, um nachzusehen, was es war, da Frau Hartmann mein Halfter wieder fest umklammert hielt. Dann schob sie mich ein Stück rückwärts. Zu meinem Erstaunen bemerkte ich, dass die Stange hinter mir verschwunden war. Unendlich erleichtert, machte ich einen großen Satz nach hinten und zerrte die Reitlehrerin mit mir hinaus ins Freie. Noch auf der Verladerampe drehte ich mich einmal um mich selbst, sodass ich im Zweifelsfalle eine Flucht, weg vom Hänger, wagen konnte.

Frau Hartmann hatte ich damit allerdings sehr überrascht. Ich hatte in diesem Moment die Führung übernommen und SIE dazu gebracht, mit MIR den Hänger zu verlassen. Leider, so schien es, war sie damit ganz und gar nicht einverstanden. Voller Wut riss sie, wie schon vor der

Hängerfahrt, dreimal ruckartig an meinem Strick und ich warf den Kopf nach oben.

»Siehst du, Janine, wie ich vorhin im Auto schon gesagt habe! Der rennt dann einfach rückwärts ohne Sinn und Verstand. Da kann man nur die Stange schnell rausnehmen und zur Seite springen, damit man nicht umgerannt wird. Aber das ist ja nun gleich nicht mehr unser Problem.«

»Das ist ja total gefährlich ... Meine Lady würde das nie machen, die passt wenigstens auf die Menschen auf, die neben ihr stehen! Gut, dass ich bisher nie mitgekommen bin, wenn Toffel irgendwohin kutschiert werden musste! Wo müssen wir jetzt hin, Frau Hartmann?«

Während die beiden Personen miteinander sprachen, hatte ich die Möglichkeit, mich ein wenig umzusehen. Wir waren nicht mehr zu Hause – diesen Ort hatte ich noch nie gesehen. Vor mir erstreckte sich ein riesiges Areal, welches von Bäumen umsäumt war. Ich sah überall großflächige Wiesen, auf denen – zu meinem Erstaunen - kein brauner, matschiger Schnee lag. Ein kleines Stück entfernt erblickte ich außerdem ein etwas größeres, weißes Gebäude. Noch ein Stückchen weiter hinten, erblickte ich einige Punkte, die sich bewegten. Ich strengte meine Augen an und versuchte zu erkennen, was sich dort in der Ferne befand. Schließlich wurde es mir klar: Es konnten nur andere Pferde sein! Sicherlich waren sie es gewesen, die mir vorhin geantwortet hatten! Ich trat nun völlig aufgeregt von einem Bein auf das andere. Was machten wir hier, wer waren diese Anderen? Ich konnte zwar erkennen, dass sie Artgenossen von mir zu sein schienen, doch keiner kam mir bekannt vor.

»Jetzt krieg dich mal wieder ein, Toffel. Wir gehen ja schon! Komm Janine, das dort vorn scheint der Stall zu sein«, rief Frau Hartmann mit einem Mal und zog wieder mit Schwung an dem Strick in ihrer Hand. Dann setzten sich die beiden endlich in Bewegung und gingen mit mir direkt auf die Pferde und das Gebäude zu. Als wir auf einige Pferdelängen an das Haus herangetreten waren, öffneten sich dort plötzlich zwei Türen. Verunsichert verlangsamte ich meinen Schritt, wölbte den Hals und prustete ängstlich.

Aus der Tür traten mehrere Menschen hervor, drei an der Zahl. Da war ein Mann, groß und mit breiter Statur, der mir sofort Respekt einflößte. Neben ihm ging eine Frau, bei der ich mir nicht sicher war, ob ich sie kannte oder nicht. Die beiden folgten einem Mädchen, welches uns schnellen Schrittes entgegenlief. Nach einem Moment war mir klar, wer es war: Katja, die Person, die an dem seltsamen Tag auf mir geritten war.

Die drei Menschen machten direkt vor uns Halt und ein unnatürlicher, schwerer Geruch flog mir entgegen. Nun konnte ich die Frau zuordnen, die hinter Katja stand: Auch sie war an dem seltsamen Tag mit von der Partie gewesen. Ihr Duft war für mich unverkennbar.

Frau Hartmann machte einen Schritt nach vorn und die Menschen gaben sich die Hände. Dabei sprachen sie schon wieder. »Hallo Frau Redrich! Hallo Katja! Freut mich, dass wir uns endlich wiedersehen! Und Sie sind sicherlich Herr Baumer, der Stallbesitzer? Freut mich, Sie kennenzulernen!«, sagte Frau Hartmann und ihre Stimme war plötzlich ganz freundlich und ruhig.

»Ja genau, der bin ich. Freut mich ebenfalls. Schön, das Sie unseren Hof gefunden haben. Danke noch einmal, das Sie den Kleinen hierher gebracht haben. Hätte ich unseren Pferdeanhänger nicht gerade verliehen, wären wir selbstverständlich selbst gefahren«, hörte ich den großen Mann sagen. Seine Stimme klang ziemlich Furcht einflößend, so tief und rau wie sie war.

Die Einzige, die noch kein Wort gesagt hatte, war Katja. Sie kam nun langsam auf mich zu und strich mir dann sachte über den Hals. »Hallo Toffka. Na, weißt du noch, wer ich bin?«, flüsterte sie. Sie strahlte eine unglaubliche Gelassenheit aus. Zum ersten Mal an diesem Tag hatte ich nicht mehr ganz so große Angst.

»Katja, wie wäre es, wenn du Toffel erst einmal in den Stall bringst und wir anderen klären jetzt noch die ganzen vertraglichen Sachen? Dein Toffel sieht aus, als könne er eine kleine Auszeit gebrauchen«, sagte die Frau.

»Ja klar!«, antwortete Katja und alle Menschen, abgesehen von ihr, entfernten sich von mir. Nun hielt Katja den Strick, welcher an meinem Halfter war, in ihren Händen. Sie ließ ihn deutlich lockerer. Endlich hatte ich die Möglichkeit, mich ein wenig umzusehen.

Zögernd machte ich einen Schritt nach vorn, und als ich bemerkte, dass niemand an dem Strick riss oder mir einen Klaps gab, machte ich noch einen. Dann noch einen. Katja achtete die ganze Zeit darauf, immer neben mir zu bleiben.

Ihre Hand ruhte unverändert an meinem Hals. Die Menschen waren endgültig aus meinem Sichtfeld verschwunden und endlich war es völlig ruhig um mich herum. Ich begann den Ort, an dem ich mich befand, bewusster wahrzunehmen.

Überall erblickte ich Natur und es gab viel mehr Platz, als ich gewohnt war. Zu Hause waren um uns herum nur Gebäude und Straßen gewesen. Der Lärm von Autos und Menschen war allgegenwärtig. Hier allerdings nicht. Ich hörte den Wind, wie er die wenigen Blätter in den Wipfeln der Bäume rascheln ließ. Und ich lauschte den Vögeln, die lauthals ihre fröhlichen Lieder zwitscherten. Ich atmete tief ein und schnaubte. Die Luft war viel reiner als in meinem Stall und ich konnte frisches Gras, Heu und andere Pferde riechen.

»Siehst du, alles nicht so schlimm. Dir wird es bei uns bestimmt gefallen!«, sagte Katja mit ihrer ruhigen und leisen Stimme.

Nun ergriff sie das Kommando und lief an dem Gebäude vorbei in Richtung der Pferdeherde. Doch schon nach einigen Schritten stoppte sie - denn ich blieb wie angewurzelt stehen. Sollte ich ihr etwa einfach so nachlaufen? Wer wusste schon, wo ich diesmal hingebracht werden sollte! Ich stellte fest, dass Katja nicht an dem Strick riss, um mich dazu zu bringen, ihr nachzugehen. Im Gegenteil, sie ließ den Strick weiterhin locker und begann damit, in Schlangenlinien vor mir herzulaufen. Sie lockte mich. Es war ein bisschen so, als würde sie versuchen, in meiner Sprache mit mir zu kommunizieren.

Ich folgte ihr schließlich, hatte meine Ohren aber weiterhin gespitzt und erkundete meine Umgebung mit den Augen ganz genau.

Wir näherten uns dem Zaun der Weide, auf der die Herde stand. Plötzlich hob eine große, braune Stute den Kopf und fixierte mich. Sie stieß mit einem Mal ein hohes, lautes Wiehern aus und galoppierte vom Fleck weg auf die Umzäunung zu. Der Rest der Herde setzte sich ebenfalls mit in Bewegung, angestachelt von der Aufregung der Stute. Sie war als Erste bis an die Holzumzäunung herangekommen und ich streckte meinen Kopf in ihre Richtung.

»Schau nur, Daphne mag dich!«, hörte ich das Mädchen neben mir sagen. Sie ließ mich allerdings nicht mit den anderen Pferden in Kontakt treten, sondern bewahrte einen gewissen Abstand zum Zaun. Ich hatte einen Augenblick Zeit, die Herde in Augenschein zu nehmen, dann zog sie sanft am Führstrick. Wir gingen zurück zu dem Gebäude, aus dem die Menschen gekommen waren, betraten es allerdings durch einen anderen Eingang.

Die Tür knarzte und ächzte laut, als Katja sie öffnete. Zögernd folgte ich ihr ins Innere. Was war das für ein Ort?

Es sah ein bisschen aus wie der Stall, den ich heute Morgen erst verlassen hatte. Allerdings war es hier viel heller und nicht ganz so groß. Von mir aus links, sah ich viele Pferdeboxen, rechts waren Berge von Heu und Stroh aufgetürmt.

Aus dem Augenwinkel sah ich plötzlich eine Bewegung

und dass etwas auf mich zukam. Reflexartig machte ich einen Sprung in die entgegengesetzte Richtung und rempelte Katja dabei fast um.

Erst danach blickte ich zu der Ecke, von der die Bewegung ausging. Da realisierte ich, dass es eins von diesen kleinen Felltieren war, die auch bei uns zu Hause wohnten.

»Oh je, ganz ruhig! Das ist nur Blacky, unser alter, fauler Kater. Alles gut, dir passiert nichts. Der fängt ja nicht mal Mäuse«, hörte ich die beruhigend wirkende Stimme von Katja. Ich versuchte, mich nun wieder etwas zu beruhigen. Weiterhin drehte und wendete ich meinen Kopf, um mehr sehen zu können. Dabei prustete ich mehrfach, weil mir die Umgebung noch immer Angst bereitete. Aber ich folgte Katja weiter, bis sie an einer Box Halt machte und die Tür zur Seite schob.

»So mein Hübscher, dann mal rein mit dir. Du hast sicher Hunger und Durst.« Sie führte mich in die geräumige, mit Stroh ausgelegte Box und befreite mich von meinem Halfter. Dann verließ sie mich und ich beobachtete, wie sie durch die Eingangstür verschwand. Nun war ich allein in diesem Gebäude.

Nervös drehte ich mich einige Male um die eigene Achse und stellte erstaunt fest, dass ich so viel Platz hatte wie noch nie in einer Box. Das hatte von außen gar nicht den Anschein gemacht. Noch einmal drehte ich mich, diesmal von der Boxentür weg, hin zu dem großen Fenster gegenüber. Es war offen und ich steckte meinen Kopf nach draußen, um mehr sehen zu können. Ich erblickte den Wald und die anderen

Pferde, die etwas weiter weg auf der Wiese standen. Diesmal wieherte ich und erhielt von der großen braunen Stute eine Antwort. Ich war zumindest nicht ganz allein, wollte aber am liebsten zu ihnen gehen.

Vorsichtig machte ich, erst nach einer Weile, zwei Schritte rückwärts, blickte zurück ins Innere der Box und schnupperte an dem Heuberg darin. Es roch gut, besser als bei mir zu Hause. Mir wurde wieder bewusst, wie hungrig ich war. Also begann ich, etwas zu fressen. Wachsam blieb ich allerdings weiterhin.

Es verstrich einige Zeit, da hörte ich ein Knarzen und Quietschen. Sofort schnellte mein Kopf nach oben und ich sah in Richtung des Stalltores. Die Menschen von vorhin kamen alle wieder zu mir und schauten mich durch die Gitterstäbe der Box an.

Erneut redeten sie über Dinge, die ich nicht verstand. Die Lautstärke dabei war für meine Ohren unangenehm.

»... ich denke, er wird sich hier wohlfühlen. So viel Weidegang, wie Sie hier haben, wäre bei uns im Großstall gar nicht realisierbar. Vielleicht ist er ja dann etwas ausgeglichener und nicht so bockig.«

Ich erkannte die Stimme von Frau Hartmann und kurz darauf die des großen Mannes. »Mal sehen, wie er klarkommt. Wenn Sie sagen, ihre Pferde sind nur um die sechs Stunden draußen, wird es für ihn eine große Umstellung sein, ab jetzt mindestens 10 Stunden draußen zu sein. Früh um sechs Uhr geht es raus und meist kommen sie jetzt im Winter so gegen vier wieder rein, ist natürlich auch wetterabhängig. Im Sommer holen wir aber meistens erst so gegen acht am Abend wieder alle in den Stall. Naja, eigentlich nicht alle. Einige Pferde werden hier robust gehalten und bleiben 24 Stunden am Tag draußen.«

»Vielleicht kann er ja auch irgendwann Tag und Nacht draußen bleiben«, hörte ich Katjas ruhige Stimme sagen.

»Werden wir ja sehen, Katja«, dröhnte der Mann.

»Wie viele Pferde haben Sie denn hier auf ihrem kleinen ...

Hof?« Das war Janine.

»Wir haben mit ihm zusammen jetzt acht Pferde hier. Zwei gehören mir und meinem Sohn. Wir sind im Turniersport aktiv. Der Rest ist von Privateinstellern, die meisten reiten nur in ihrer Freizeit. Vier Ponys sind auch dabei. Da sich alle gut miteinander verstehen, stehen auch alle in einer Herde«, sagte der große Mann.

»Was ist mit Ihnen, Frau Redrich, besitzen Sie auch ein Pferd?« Frau Hartmanns Stimme war noch immer ungewöhnlich nett.

»Oh nein, ich kenne mich mit Pferden ehrlich gesagt nicht so gut aus. Ich bin ja schon froh, dass Katja kein Großpferd wollte, vor denen habe ich schon ziemlichen Respekt. Ich komme, ehrlich gesagt, sehr selten hierher. Es ist ja auch das Hobby meiner Tochter. Meine Nähmaschine ist mir da viel lieber«, hörte ich die Frau sagen, die zu Katja gehörte. Während die Münder der Menschen nicht stillstanden, fraß ich einfach weiter Heu und schaute hin und wieder aus dem Fenster.

Nach einiger Zeit hatte ich schon fast ausgeblendet, dass sie da waren, bis Katja unvermittelt die Boxentür öffnete und sich neben mich stellte. Dann machte sie mir ein Halfter um. Es roch seltsam, überhaupt nicht nach etwas Natürlichem und ich hatte es vorher noch nie gesehen.

»Na Toffka, da bin ich ja gespannt, was du von unseren Wiesen hältst.« Sie führte mich am Strick auf die Stallgasse und schließlich wieder bis ganz nach draußen. Die anderen Menschen ließen wir einfach zurück. Erneut wurde ich etwas nervös, denn ich hatte Angst, wieder in den Hänger zu müssen. Doch wir gingen gar nicht dorthin zurück, sondern liefen in Richtung der Pferdeweide.

Wieder kamen mir alle entgegen galoppiert und ich wäre am liebsten sofort zu ihnen gelaufen. Doch Katja hielt mich noch immer am Strick und gab mir mit leichtem Zug zu verstehen, dass ich bei ihr bleiben sollte. Wir liefen an meinen Artgenossen vorbei und hielten schließlich an einem geöffneten Zaunstor aus Holz an.

»Los Großer, tob dich aus!« Damit befreite mich Katja von dem seltsamen Halfter und gab mir einen leichten Klaps auf die Hinterhand. Das ließ ich mir nicht zweimal sagen.

Sofort schoss ich los, galoppierte einmal quer über die große Wiese und machte ein paar Bocksprünge. Ich ließ all meine Angst, all meine Anspannung aus mir heraus und genoss es, endlich laufen zu können. Meine Mähne und mein Schweif wurden von dem Wind zerzaust und ich atmete tief die frische Luft ein. Auf meiner Höhe galoppierte auch die Herde mit, nur eben auf der anderen Seite des Zaunes.

Schließlich verfiel ich in einen leichten Trab, dann in einen mäßigen Schritt und senkte den Kopf, um an etwas Gras zu zupfen. Doch ich fühlte mich noch immer verunsichert. Es war ja alles neu und anders um mich herum. Beinahe regelmäßig hob ich den Kopf, weil ich ein Geräusch hörte, welches mir unbekannt war.

Ich wollte nicht mehr alleine sein. Also näherte ich mich nun dem Zaun – und damit auch den anderen Pferden, allen voran der großen, braunen Stute. Ihre Körperhaltung verriet mir, dass sie die Leitstute war und ich Respekt vor ihr haben sollte. Vorsichtig streckte ich meine Nase über den Zaun und wir beide beschnupperten uns.

Erstaunt realisierte ich, dass ich keine Schmerzen verspürte, wenn ich den Zaun berührte. Bei uns war die Umzäunung nicht aus Holz, sondern bestand aus dünnen, weißen Stricken, die ich vermieden hatte zu berühren. Wenn wir uns nämlich aus Versehen daran gestoßen hatten, war da ein stechender Schmerz an dieser Stelle gewesen.

Noch machte die große Stute keine Anstalten mich zu verjagen, selbst als sich unsere Nüstern leicht berührten. Ich machte noch einen Schritt nach vorn und wollte ihren Hals beschnuppern – doch da quietschte sie laut, legte die Ohren an und bedeutete mir, zurückzuweichen. Ich warf überrascht den Kopf nach oben und trat einige Schritte zurück. Das war eine Warnung gewesen und sie wollte mich damit von ihrer Herde fortjagen. Dies erkannte ich an ihrer unmissverständlichen Körpersprache: Sie stand mir frontal gegenüber, sah mir dabei auch noch ganz genau in die

Augen. »Geh weg!« wollte sie mir somit vermitteln. Jede Leitstute benutzte Signale wie diese. Es gehörte zu unserer Kommunikation.

Um nicht noch mehr Ärger zu bekommen, blieb ich auf Abstand und streckte meinen Kopf nicht gleich wieder über den Zaun. Doch trotzdem: Ich hatte Angst allein zu sein und wollte ein Teil ihrer Herde sein. Leider stand sie noch immer unverändert da. Um ihr zu zeigen, dass ich keine bösen Absichten hatte, deuteten meine Ohren auf sie und ich senkte langsam den Kopf. Dabei leckte und kaute ich ein wenig. Ich machte ihr so klar: »Ich bin harmlos. Bitte lasst mich in eure Nähe. Ich brauche jemanden der mich beschützt.«

Die große braune Leitstute registrierte meine Körpersprache. Und nachdem ich so eine Weile auf und ab gegangen war, veränderte sie plötzlich ihre Position. Sie drehte sich zur Seite und schaute mir nicht mehr so abwehrend in die Augen. Endlich durfte ich an den Zaun zurückkehren und stand nun, so nahe es ging, an der Herde. Wieder beschnupperten die Leitstute und ich uns, und diesmal machte sie nicht so aggressive Gesten. Nach einer Weile begann ich dann, etwas Gras zu fressen. Die große braune Stute hatte ihren Kopf nun auch gesenkt und graste. Als die anderen Pferde das sahen, taten sie es ihr gleich. So standen wir alle friedlich nebeneinander, wenn auch durch den Zaun getrennt. Es war das erste Mal an diesem Tag, dass ich ruhig war und beinahe keine Angst mehr verspürte.

Ein neues Zuhause

Gerade, als die Sonne langsam hinter den Bäumen des Waldes verschwand, sah ich außerhalb des Zaunes einige Gestalten auf mich und die Herde zukommen. Es dauerte eine Weile, bis ich sicher registrierte, dass es Menschen waren. Als sie am Weidetor stehen blieben, erkannte ich auch, um wen es sich handelte: den großen Mann, Katja und eine weitere, fremde Frau.

Plötzlich stieß der große Mann einen lauten, hohen Pfiff aus. Zu meinem Erstaunen setzte sich die Leitstute beinahe sofort in Bewegung und lief den Menschen entgegen. Die restlichen Herdenmitglieder folgten ihr selbstverständlich. Da ich nicht allein sein wollte, ging ich parallel am Zaun mit ihnen mit. Schließlich waren wir alle an den jeweiligen Zauntoren angekommen und ich beobachtete interessiert die Situation auf der Seite der Herde.

Ich sah, wie der große Mann die Weide betrat und die braune Stute ihm freudig entgegenlief. Er legte ihr einen Strick um den Hals und tat dasselbe bei einem Schimmel. Dieser war fast so groß wie die Leitstute und hatte schon vorhin einen freundlichen Eindruck auf mich gemacht.

Der große Mann lief dann auch noch zu einem Ponywallach und einer schwarzen Stute. Ihnen legte er keine Stricke um den Hals, sondern halfterte sie auf. Anschließend führte er alle vier Pferde - gleichzeitig - von der Weide weg, in Richtung des Gebäudes, und sie folgten ihm bereitwillig.

Dann tat die fremde Frau es dem Mann gleich und nahm

die drei anderen Ponys an deren Halftern mit in Richtung des Stallgebäudes. Sofort überkam mich Panik. Wurde ich schon wieder allein gelassen? Aufgeregt wieherte ich ihnen zu.

»Tina, kannst du mal kurz mit den Dreien hier warten? Nicht, dass mir Toffka noch wegläuft, er wirkt sehr ängstlich«, sagte Katja.

»Ja klar, wenn du ihn am Strick hast, gib mir einfach Bescheid, dann laufe ich los.«

Schließlich öffnete Katja auch auf meiner Seite das Tor und näherte sich mir. Ich schenkte ihr vorerst allerdings keine große Beachtung. Viel wichtiger war, dass ich die anderen Pferde weiterhin im Blick hatte. Katja ließ sich davon allerdings nicht beirren und streichelte meinen Hals, als sie bei mir angelangt war. Dann zog sie mir das Halfter über, was noch immer so seltsam unnatürlich roch. An diesem Halfter war auch wieder ein Strick befestigt, der locker in Katjas Hand lag.

»Kann losgehen!«, sagte sie unvermittelt. Ihre Stimme war noch immer ruhig, nur etwas lauter als zuvor. Sie schien mit der anderen Frau zu kommunizieren. Dann liefen wir endlich den drei Pferden und der Menschenfrau hinterher. Ich gab mir Mühe, den Abstand zwischen mir und ihnen nicht größer werden zu lassen, damit ich nicht zurückblieb. Sie waren schnellen Schrittes unterwegs.

Als wir den Stall betraten, brauchte ich erst einmal einen Moment, um mich an das helle Licht im Inneren des Gebäudes zu gewöhnen. Draußen war es mittlerweile schon düster geworden und meine Augen mochten solche schnellen

Umstellungen nicht.

Wieder sah ich mich sehr aufmerksam um, während Katja mich zu der Box brachte, in welcher ich mich heute schon einmal befunden hatte. Darin angekommen, machte sie das Halfter wieder ab und strich mir über den Hals. Anschließend verließ sie die Box mit leisen Schritten. Ich hob den Kopf und überblickte die noch immer fremde Umgebung. In den Boxen, die vorhin noch leer gewesen waren, befand sich nun jeweils ein Pferd. Katja und der große Mann unterhielten sich indes und standen dazu direkt vor den Gitterstäben meiner Behausung. Genervt drehte ich ihnen mein Hinterteil zu und machte mich über das Heu her.

»Schau dir das an, Katja. Das Erste was er denkt ist: Ich will lieber vom Menschen weg sein, als bei ihm zu bleiben. So nett, wie diese Frau Hartmann heute getan hat, ist sie wahrscheinlich nicht immer gewesen. Das hat man schon gemerkt, als die hier angekommen sind. Er war ja völlig verstört und nassgeschwitzt.«

»Ja, das habe ich auch gemerkt. Ich glaube, er ist ein ziemlich skeptisches Pferd. Also damit meine ich, insbesondere gegenüber Menschen. Ich hoffe mal, das kriege ich irgendwie hin.«

»Natürlich kriegst du das hin. Du hast ja schließlich auch Chest hinbekommen und der war auch kein leichter Fall. Wie viele sich an ihm die Zähne ausgebissen haben ... Und dann bist du gekommen und er ist dir hinterher gelaufen wie ein treuer Hund.«

»Naja mal sehen. Chest war ja schon älter und nicht so

aufgeweckt wie Toffka. Ich muss zugeben ... Chest fehlt mir immer noch ziemlich. Das war die beste Reitbeteiligung, die ich je hatte. Haben Sie ihn mal wieder besucht?«

»Ja, habe ich. Und ich muss sagen, es war eine gute Entscheidung. Seit er auf diesem kleinen Gnadenhof steht, macht er sich besser als hier. Dort steht er nur mit Ponys zusammen und wird nicht mehr hin und her gescheucht. Seinem Bein geht es dadurch ebenfalls viel besser. Die Lahmheit ist zwar zu erkennen, aber er scheint schmerzfrei zu sein und das ist die Hauptsache. Wenn du willst, kannst du ihn gern mal besuchen ...«

Die Stimmen der beiden wurden immer leiser, denn während sie sprachen gingen sie langsam fort und verließen den Stall schließlich.

Endlich konnte ich die Stille genießen. Einzig und allein das Rascheln des Strohs war zu hören, ab und an unterbrochen vom Schnauben eines Pferdes. Mit einem Maul voller Heu ließ ich meinen Blick erneut schweifen.

Auf der einen Seite meiner Box war eine Wand, doch auf der anderen Seite war ebenfalls eine Box, in der ein Pferd stand. Es war der Ponywallach, welcher beinahe so groß wie ich war. Er hatte braunes Fell, eine schwarze Mähne und machte einen freundlichen Eindruck. Ich trat näher an die Gitterstäbe, die uns trennten, und sah zu ihm herüber. Als er bemerkte, dass ich Kontakt zu ihm suchte, hob er den Kopf und wir beschnupperten uns etwas, zumindest so gut, wie es durch die Metallstäbe ging. Erst legte er ein wenig die Ohren an und gab mir sofort zu verstehen, dass er hier noch derjenige war, der ranghöher stand. Da ich nicht vorhatte, ihm diese Position streitig zu machen, machte ich einige unterwürfige Gesten in seine Richtung. Schließlich ließ er von seiner abwehrenden Haltung ab. Wir einigten uns im Stillen darauf, uns zu akzeptieren. Der braune Wallach senkte dann wieder seinen Kopf und fraß in Ruhe weiter.

Innerlich war ich nun viel ruhiger, denn obwohl die Umgebung noch immer seltsam und fremd war, wusste ich, dass ich nicht allein war. Ich war zwar noch kein richtiges Herdenmitglied, aber wurde weitestgehend toleriert.

Als sich das Stalltor unvermittelt mit lautem Quietschen öffnete, erschrak ich kurz. Doch als ich bemerkte, dass die anderen Pferde gar nicht darauf reagierten, beruhigte ich mich recht schnell wieder. Der große Mann hatte das Gebäude betreten und trug etwas in seinen Händen. In der Mitte der Stallgasse blieb er stehen und raschelte plötzlich laut damit. Um mich herum wurden mit einem Mal alle unruhig. Die große Stute trat sogar gegen ihre Boxentür.

»Na, na, ihr kriegt doch alle was!«, dröhnte die Stimme des Mannes daraufhin durch das Stallgebäude. Er kam nun direkt zu meiner Box und reflexartig wich ich ein Stück zurück. Er war mir noch immer unheimlich.

»Die Neuen kriegen natürlich zuerst«, rief er und ich beobachtete, wie er die Tür meiner Box öffnete und mir etwas auf das Stroh stellte. Danach schloss er sie wieder.

Vorsichtig schaute ich mir das komische Ding zu meinen Füßen an und schnupperte. Futter! Es war eine Futterschüssel! Erfreut machte ich mich darüber her. Es war dieses körnige Zeug, wie zu Hause – nur schmeckte es anders, irgendwie natürlicher. Köstlicher in jedem Fall. Nach einer Weile hatten auch alle anderen Pferde etwas abbekommen und es wurde wieder ruhiger im Stall. Einzig und allein unsere mahlenden Kaugeräusche waren zu vernehmen.

Später, als alle aufgefressen hatten, kam der große Mann noch einmal und sammelte die Futterschüsseln ein. Danach verließ er den Stall und schaltete das Licht aus. Dieser erneute, plötzliche Lichtwechsel war für mich sogar schlimmer als vorhin. Gerade war die Umgebung noch in warmes, helles Licht getaucht - und mit einem Mal fanden wir uns in kompletter Dunkelheit wieder. Erst nach einer Weile konnte ich wieder Umrisse erkennen. Einige der Pferde legten sich nach und nach in ihrer Box zur Ruhe und schliefen, das traute ich mir jedoch nicht zu. Doch ich war so müde ...

Schließlich begann ich zu dösen und erholte mich etwas von diesem stressigen und Angst einflößenden Tag.

***

Irgendwann am Morgen, als es noch dunkel draußen war, schrak ich aus meinem Dämmerschlaf hoch. Der Grund dafür war, dass sich die Stalltür wieder lautstark öffnete und eine Gestalt das Gebäude betrat. Eine Sekunde später ging auf einmal gleißend helles Licht an. Ich blinzelte. Warum mussten die Menschen das Licht immer so plötzlich verändern?!

Als sich meine Augen schließlich angepasst hatten, erkannte ich wieder den großen Mann. Er sah nicht so aus wie gestern, aber das war für Menschen ja nichts Ungewöhnliches. Da sie kein richtiges Fell hatten, trugen sie immer etwas über ihrem Körper, was ständig Farbe, manchmal auch Form, veränderte. Die Pferde um mich herum erwachten nun ebenfalls alle. Einige begannen, unruhig zu werden; andere standen ganz gemütlich aus dem Stroh auf und warteten geduldig auf die Dinge, die nun kommen würden.

Interessiert und etwas nervös beobachtete ich nun, wie der große Mann von Box zu Box ging. Schließlich kam er auch bei meiner an, öffnete die Tür und warf mir etwas Heu vor die Füße. Erfreut begann ich zu fressen. Nach einiger Zeit kam er erneut zurück und brachte uns die Schüsseln mit dem köstlichen Körnerfutter.

Erstaunt realisierte ich, dass er nicht einmal redete und auch sonst sehr leise war. Ich genoss die Ruhe, denn das war ich von meinem zu Hause nicht gewöhnt. Dort hatten die Menschen immer laut geredet, auch wenn es früh am Morgen war und alle in Ruhe wach werden wollten. Als ich die Schüssel ausgefressen und ausgiebig ausgeleckt hatte, fraß ich wieder etwas Heu. Ab und an hob ich den Kopf und sah mich um.

Der braune Ponywallach neben mir sah mich durch die Gitterstäbe hindurch an und wir begrüßten uns vorsichtig. Unsere Nüstern berührten sich leicht. Es war eine freundliche Geste.

Der große Mann war indes verschwunden und kam erst nach einer ganzen Weile wieder. Ihm folgte die Frau, die am Vorabend die Pferde mit in den Stall gebracht hatte. Die beiden begannen nun damit, allen Pferden Halfter überzuziehen und nahmen nach und nach einige von uns mit.

Mir wurde das Halfter von der fremden Frau aufgesetzt. Sie war sehr ruhig und freundlich, näherte sich mir mit aller Ruhe und ließ mich sogar an ihr schnuppern. Vor ihr hatte ich weniger Angst, als vor dem großen Mann.

Nachdem die Frau bei mir fertig war, wechselte sie die Box und tat bei dem braunen Wallach dasselbe wie bei mir. Die beiden kannten sich offenbar schon gut, denn er begrüßte sie freundlich. Gleichzeitig brachte der große Mann die anderen Pferde, die mir gegenüberstanden, hinaus.

Schließlich waren nur noch ich und der braune Ponywallach übrig. Der große Mann öffnete meine Box, während die fremde Frau zu meinem Nachbarn ging. An meinem Halfter wurde nun ein Strick befestigt und der Mann und ich traten hinaus auf die Stallgasse. Ich folgte ihm zwar, achtete aber auf jede seiner Bewegungen. Noch traute ich ihm nicht.

Ich wurde wieder auf die Weide gebracht, auf der ich am Vortag schon gewesen war. Also trennte der Zaun mich auch heute wieder von den anderen Pferden. Ich blieb bei dem Zaun stehen. So war ich am nächsten an ihnen dran.

Nun ging auch schon langsam die Sonne auf und kitzelte meinen Rücken mit ihren sanften Strahlen. Ich konnte mich nicht erinnern, wann ich das letzte Mal den Sonnenaufgang auf der Weide miterlebt hatte. In meinem Zuhause stand ich immer in der Box, wenn die Sonne sich langsam in den Himmel erhob. Während ich graste, hob ich immer wieder den Kopf und erkundete mit den Augen meine Umgebung. Es gab immer noch so viel zu sehen, so viel, was mir am Vortag entgangen war. Mir gefiel die Natur hier. Sie war so unberührt. Erst später am Tag – die Sonne hatte ihren Zenit schon vor einiger Zeit erreicht – kam wieder eine Gestalt auf das Tor meiner Weide zu. Es war Katja.

Kennenlernen

Katja näherte sich mir von der Seite und stand schließlich neben meinem Kopf.

»Na du? Wir beide machen jetzt mal etwas zusammen. Na komm!«, sagte sie in angenehmem Tonfall, streifte mir das Halfter über die Ohren und setzte sich in Bewegung. Doch ich wollte nicht mitkommen. Ich wollte viel lieber bei den anderen bleiben, denn sie gaben mir das Gefühl von Sicherheit. Also blieb ich einfach auf der Stelle stehen und stemmte mich gegen den Druck, der vom Strick auf mein Halfter aufgebaut wurde.

Normalerweise zogen und rissen die Menschen so lange an dem Führstrick, bis ich gezwungen wurde mitzugehen. Doch Katja ließ mit einem Mal den Führstrick lockerer, kam in meine Richtung und klopfte mir leicht auf den Hals.

»Ich weiß, das Gras hier ist viel besser, als mit mir wegzugehen. Aber los, komm. So viel tun musst du heute gar nicht!« Dann machte sie wieder ein paar Schritte vor und begann, sich vor mir in Bögen zu bewegen. Das erweckte meine Neugier und ich folgte ihr schließlich doch.

Wir verließen nun die Weide, gingen an dem Stall vorbei und hielten erst an der Rückseite des Gebäudes wieder an. Auch hier gab es einen Anbindeplatz mit vielen Pfosten. Leicht nervös sah ich mich um und erblickte einen großen blauen Gegenstand, welcher ein kleines Stück von mir entfernt stand. Ich prustete und blieb wie angewurzelt stehen. Was war das? So etwas hatte ich noch nie gesehen.

»Hey, alles gut! Das ist nur unsere Regentonne. Schau nur, die tut dir nichts. Na komm, trau dich!«, flüsterte mir Katja zu und stellte sich genau neben dieses furchterregende Ding. Mehrfach klopfte sie mit ihrer Hand dagegen und ich erschrak jedes Mal fürchterlich. Da stellte ich fest, dass Katja ruhig blieb und vor dem Teil keine Angst hatte. War es doch nichts Gefährliches? Schließlich überwand ich mich und machte einige Schritte in diese Richtung. Nun war ich so nah, dass ich, wenn ich meinen Hals lang streckte, daran schnuppern konnte. Ich traute mich noch näher heran und berührte es vorsichtig mit meinen Nüstern. Es fühlte sich hart und kalt an und roch etwas unnatürlich (wie so viele Gegenstände der Menschen).

»Na siehst du!«, hörte ich Katja sagen und sie streichelte mich zur Belohnung. Dann gingen wir wieder zurück und sie verknotete den Führstrick an einem der Pfosten. Im Anschluss daran öffnete sie direkt vor mir eine Tür und verschwand einen Augenblick im Stallgebäude. Als sie zurückkam, hatte sie etwas in ihrer Hand.

Es war so ein laut raschelndes Ding, in welches die Menschen dauernd hineinfassten und anderen Kram herauszogen.

»Alles gut, alles gut ...«, vernahm ich die Stimme von Katja. »Plastiktüten sind also ebenfalls nicht deins. Aber das kriegen wir auch hin!« Sie hockte sich langsam hin und begann dann, mit dem Teil laut zu rascheln und es leicht hin und her zu wedeln. Ich versuchte, so weit wie möglich davor auszuweichen. Doch da ich angebunden war, konnte ich bald nicht mehr weiter zurück. Der Strick hinderte mich daran.

Katja achtete kaum auf mich. Viel mehr schien sie sich für dieses Ding zu interessieren. Sie spielte regelrecht damit und machte keinen ängstlichen Eindruck. War meine Angst also auch hier wieder unbegründet?

Da hörte sie plötzlich auf, mit dem Teil Geräusche zu machen und erhob sich. Langsam kam sie nun damit auf mich zu. Als sie direkt vor mir stand, griff sie hinein. Das verursachte erneut ein lautes Knistern und ich zuckte zusammen. Unbeirrt zog sie ihre Hand in aller Ruhe wieder aus dem Ding heraus - und hielt mir ein paar Möhrenstücke vor die Nase. Damit hatte ich nicht gerechnet. Ich schnupperte einen Augenblick daran und nahm diese Köstlichkeiten dann vorsichtig mit den Nüstern von ihrer Hand herunter. Sie schmeckten wunderbar.

»Das dachte ich mir. Siehst du? So schlimm ist das alles hier gar nicht.« Katja hockte sich wieder neben das Ding und raschelte damit, um etwas Neues daraus hervorzuholen. Nun lag ein schwarzer Gegenstand in ihrer zierlichen Hand, welcher mir irgendwie bekannt vorkam. Sie ließ mich einen Moment daran schnuppern. Es roch nach anderen Pferden und sogar ein wenig nach Heu und Stroh.

Als Katja dann begann, es kreisend über meinen Rücken zu bewegen, wurde mir klar, dass es eins von diesen Putz-Dingern war. Endlich konnte ich mich wieder etwas entspannen. Selbst wenn Katja sich umdrehte und in das Raschel-Ding griff, hatte ich nicht mehr ganz so große Angst. Sie bürstete mir Mähne und Schweif, kratzte an meinen Hufen herum und streichelte mich zwischendurch immer wieder.

Als sie fertig war, beobachtete ich, wie sie eine lange Leine aus dem Raschel-Ding zog und diese dann an meinem Halfter befestigte. Sie war länger und dicker als der Strick, mit dem ich angebunden war, allerdings auch kürzer als eine Longe.

»So mein Lieber. Jetzt gehen wir uns mal dein neues Zuhause anschauen. Du hast ja noch gar nicht viel davon gesehen!« Während sie mit mir sprach, führte sie mich weg von den Pfosten und dem Stallgebäude. Gemeinsam liefen wir in eine Richtung, in welche ich bisher noch nie gegangen war. Mit gespitzten Ohren und erhöhter Aufmerksamkeit sah ich mich um. Auf beiden Seiten neben uns erstreckten sich große, umzäunte Wiesen, die am angrenzenden Wald ihr Ende fanden. Mittendrin erkannte ich eine helle Fläche. Es sah aus wie der Sandplatz, draußen in meinem alten Zuhause, nur größer. Danni ging mit mir nur bei schönem Wetter auf den Platz. Bei Wind oder Regen hatte sie oft selbst Angst gehabt und mich damit angesteckt. Darum war ich schon einige Male, da es keine Umzäunung gab, in Panik von dort weggerannt. Der Sandplatz hier war allerdings von einem Holzzaun umgeben. Katja steuerte mich genau in diese Richtung und wir hielten erst an dem Tor an. Sie öffnete es, führte mich auf den Platz und schloss es danach wieder. Dann liefen wir bis in die Mitte dieses großen Bereiches und sie bedeutete mir, stehen zu bleiben. Ich beobachtete, wie sie ihre Hand hob und mich zwischen den Augen streicheln wollte. Das machten viele Menschen, obwohl das für jedes Pferd ein wunder Punkt war. Auf unserer Stirn konnten wir nun mal nichts sehen und woher sollten wir wissen, was die Menschen vorhatten? Also zog ich meinen Kopf reflexartig zurück. Zu meinem Erstaunen senkte Katja ihre Hand beinahe sofort wieder. Das erstaunte mich. Die meisten Menschen ließen sich von so etwas nicht beirren und versuchten uns dann trotzdem, dort zu berühren.

Überhaupt war sie ganz anders als alle Menschen, die mir bisher im Leben begegnet waren. Sie starrte mir nicht ständig in die Augen. Und sie war auch nicht laut und ruppig. Ihre ganze Körperhaltung wirkte auf mich nicht so einschüchternd.

Ohne ein Wort zu sagen, begann sie dann, mich mit ihren beiden Händen ausgiebig am Hals zu streicheln. Ich neigte meinen Kopf leicht, um sie im Auge behalten zu können. Langsam wanderten ihre Hände weiter, an meinen Widerrist entlang über den ganzen Rücken, bis hin zur Kruppe. Dann strich sie weiter über eines meiner Hinterbeine, bis ganz hinunter zu meinen Fesseln und hob meinen Huf kurz an. Ich ließ sie gewähren.

Als sie mein Bein wieder abgesetzt hatte, hielt sie einen Augenblick inne, bevor sie zu meinem Vorderbein auf derselben Seite ging. Auch dort berührte sie mein ganzes Bein, hob es an und ließ es mich wieder aufsetzen. Dann strich sie leicht über die Brust.

Was danach folgte, war am schwierigsten für mich: Erst strich sie behutsam mit ihren Händen über die Stelle, an der sonst der schreckliche Gurt des Sattels war. Danach beendete sie die Streicheleinheiten mit dem Berühren meiner Flanke, meinem empfindlichsten Körperteil. Obwohl ich das sonst nicht gern mitmachte, ließ ich sie gewähren, was für mich schon ein Akt des Vertrauens war.

Katja wiederholte die ganze Prozedur auch auf der anderen Seite in exakt demselben Verfahren. Die ganze Zeit über hatte ich stillgestanden, obwohl die Leine, die sie in der Hand gehalten hatte, keinen Druck auf mich ausübte.

Als sie damit fertig war, stellte sie sich schräg vor mich und hob erneut die Hand, um mich zwischen den Augen zu berühren. Diesmal zuckte ich nicht zurück, sondern ließ es zu, denn sie hatte mir die ganze Zeit über nichts Schlechtes getan. Sie streichelte mich nur einen ganz kurzen Moment, als wolle sie mich nicht überfordern.

»Siehst du? Ich möchte nichts Böses von dir.« Es war das erste Mal, dass sie sprach, seit wir hier waren. Von ihr ging eine unglaubliche Ruhe aus, die mir erlaubte, mich zu entspannen.

Sie trat nun neben mich und zupfte kurz an der langen Leine, während sie einen Schritt nach vorn machte. Ich sollte also mit ihr gehen.

Wir liefen kreuz und quer über den sandigen Platz. Dabei blieben unsere Köpfe immer auf derselben Höhe. Ging ich schneller als sie und setzte zum Überholen an, maßregelte sie mich mit einem leichten Zupfen an der Leine. Es war nicht wie zu Hause, wo die Menschen mich für so etwas bestraften, indem sie mir auf die Brust schlugen. Dort war ich also nur aus Angst vor Bestrafung hinter ihnen gelaufen; doch bei Katja war das anders. Sie machte auf mich den Eindruck, als wolle sie so etwas wie eine Partnerschaft mit mir eingehen. Während wir nebeneinander liefen, versuchte ich das alles zu verarbeiten.

Schließlich stoppte Katja mit einem Mal und etwas überrascht hielt auch ich an. Wieder streckte sie ihre Hand aus und streichelte meine Stirn. Daraufhin stellte sie sich schräg vor mich, zog meinen Kopf dann mit leichtem Druck zu meiner Brust hin und ging auf mich zu. Ich überlegte einen Moment, was sie von mir verlangte. Erst nach einigen Augenblicken wurde es mir klar: Sie wollte, dass ich rückwärts ging. Ich tat dies in der Regel nur äußerst widerwillig, denn ich hatte hinten auch keine Augen im Kopf. Katja machte aber noch einen Schritt auf mich zu und gab mir erneut einen kurzen Druckimpuls. Wieder rief ich mir ins Gedächtnis, dass sie mir bisher noch nichts Schlechtes getan hatte. Ich vertraute ihr also und tat, was sie wollte.

Schon als ich lediglich einen Schritt zurückgegangen war, lobte sie mich ausgiebig durch Streicheleinheiten. Ich erkannte nun: wenn ich das tat, was sie mir sagte, wurde ich belohnt und sie nahm sofort jeglichen Druck weg. Es war anders als zu Hause. Es gefiel mir deutlich besser.

Nun tat das Mädchen wieder etwas, womit ich nicht gerechnet hatte: Sie löste die Leine von meinem Halfter. Ich stand nun frei und konnte selbst entscheiden, wo ich sein wollte. Schnell entschied ich mich dazu, einfach bei ihr zu bleiben. Katja streichelte mich ausgiebig, als wollte sie mir damit sagen, dass ich die richtige Entscheidung getroffen hatte.

»Braver Junge ... Fein ...«, murmelte sie vor sich hin. Dann ließ sie von mir ab und entfernte sich plötzlich von mir. Ich war unschlüssig, was ich nun tun sollte.

Stehen bleiben?

Zu ihr laufen?

In die entgegengesetzte Richtung gehen?

Ich war das einzige Pferd auf dem Platz, die anderen konnte ich von hier aus nicht einmal sehen. Allein zu sein bedeutete für mich, verletzlicher zu sein. Also folgte ich Katja. Lieber wollte ich mit ihr eine Herde bilden, als gegenüber Raubtieren schutzlos dazustehen. Erneut lobte sie mich, strich mir über Nüstern, Stirn und Hals.

»Oh, sind wir schon ein Team?«, fragte sie sanft. Dann befestigte sie die Leine wieder an meinem Halfter und führte mich fort von dem Sandplatz.

Teil der Herde

Am Anbindeplatz machten wir schließlich wieder Halt und ich wurde angebunden. Dann verschwand Katja plötzlich und ließ mich allein da stehen. Unruhig sah ich mich um. Wo war sie nur hingegangen? Nervös scharrte ich mit den Hufen und begann hin und her zu gehen, zumindest, soweit es die Leine zuließ.

Erst nach einer ganzen Weile kehrte sie zurück. Doch sie war nicht allein. Der große Mann lief an ihrer Seite und sie sprachen miteinander.

»Ich möchte, dass wir ihn jetzt mit in die Herde integrieren. Er wird sich besser fühlen, wenn er in Gesellschaft ist. Als ich gerade mit ihm gearbeitet habe, hat sich das ganz deutlich gezeigt.«

»Ja natürlich, Katja. Ich hätte ihn zwar morgen früh erst mit den anderen zusammengestellt, aber wenn du möchtest, können wir das auch jetzt schon machen. Ich muss nachher bloß noch mal los. Wenn du aber da bleibst, kannst du ihn ja zur Not rausholen. Falls es gar nicht funktionieren sollte.«

»Ja, ich bin bis heute Abend noch hier. Ich denke allerdings nicht, dass es Probleme geben wird.«

»Na gut, dann wollen wir das einfach mal angehen!«

Ich beobachtete die beiden, besonders den großen Mann. Bisher hatte er mir noch nie etwas Böses getan. Auch Katjas Körperhaltung sah entspannt aus, sie schien ihm zu vertrauen. Ob ich das auch konnte?

Die beiden kamen auf mich zu und Katja löste die Leine

von dem Anbindepfosten. Dann lief sie mit mir wieder zurück zu der schönen Weide und den anderen Pferden.

Etwas beunruhigt stellte ich fest, dass der große Mann hinter uns herlief. Immer wieder sah ich zur Seite, um ihn im Auge behalten zu können. Katja lief einfach unbeirrt weiter. Sie hatte allem Anschein nach keine Angst. Ich entspannte mich ein wenig. Zu meiner Überraschung gingen wir gar nicht zu der Weide, auf der ich bis jetzt immer gestanden hatte. Nein, wir liefen diesmal zu dem Weidetor auf der Seite der Herde. Katja öffnete es, machte schnell die Leine von meinem Halfter ab und ließ mich hineingehen.

Etwas verunsichert erforschte ich meine Umgebung mit meinen Sinnen. Die grasende Pferdeherde stand am anderen Ende der Koppel und ich entschloss mich, nach kurzem Zögern, auf sie zuzugehen. Unvermittelt hob die Leitstute den Kopf und sah, dass ich mich auf die Herde zubewegte. Sie stieß ein schrilles, hohes Wiehern aus und auch die anderen Pferde schauten nun auf. Die meisten waren etwas irritiert und beobachteten ihre Leitstute. Diese kam mir nun schnurstraks entgegen. Als wir nur noch zwei Pferdelängen voneinander entfernt waren, legte sie wieder die Ohren an. Ich verlangsamte meinen Schritt zwar, blieb aber nicht stehen.

Schließlich standen wir uns gegenüber und begannen damit uns, wie schon am Vortag, zu beschnuppern. Mit dem Unterschied, dass uns diesmal kein Zaun trennte. Tollkühn tastete ich mich vor und beschnupperte ihren Hals. Das war ihr zu viel. Ruckartig drehte sie sich um und schlug mit ihren

Hinterbeinen nach mir aus. Dabei quietschte sie laut und aufgebracht. Völlig überrumpelt von ihrer plötzlichen Reaktion, schaffte ich es gerade noch, den Hufen auszuweichen und machte einen Satz zur Seite. Die braune Stute schickte mich also wieder weg von der Herde.

Etwas eingeschüchtert galoppierte ich ein Stück davon. Die große Stute folgte mir in wildem Tempo. Sie verfolgte mich eine ganze Weile, um klar zu machen, wer hier das Sagen hatte. Es war anstrengend vor ihr davonzulaufen, doch ich traute mich auch nicht, langsamer zu werden. Die Drohung von vorhin hatte Wirkung gezeigt.

Als sie endlich durchparierte, schnaubte ich erleichtert und drosselte mein Tempo ebenfalls. Wir waren nun wieder mehrere Pferdelängen voneinander entfernt und sie blickte mir direkt in die Augen. Es war dieselbe Prozedur wie schon am Vortag. Erst nach einer ganzen Weile durfte ich tatsächlich in ihre Nähe und hatte erneut die Chance, sie zu beschnuppern. Diesmal ließ sie mich gewähren, obgleich sie noch einige Male die Ohren anlegte.

Die anderen Pferde beobachteten uns. Als die Leitstute schließlich den Kopf senkte und begann, wieder zu grasen, taten es einige ihr nach. Zwei allerdings kamen nun in meine Richtung. Zum einen war es der braune Wallach, der neben mir in der Box stand. Er beschnupperte mich vorsichtig. Da wir uns schon kannten, hatte ich keine große Angst vor ihm. Da schob sich plötzlich das zweite Pferd, eine schwarze große Stute, zwischen uns und legte die Ohren an. Sie war nicht die Leitstute, aber ihre Gesten verdeutlichten mir, dass sie ranghöher war als die meisten anderen. Um weiterem Ärger aus dem Weg zu gehen, wich ich zur Seite aus und senkte ehrfürchtig den Kopf. Ich wollte keine erneuten Schläge riskieren.

Der braune Wallach war schon wieder ein Stück von mir entfernt und hatte den Kopf zum Fressen gesenkt. Auch er schien großen Respekt vor der schwarzen Stute zu haben. Um nicht allein sein zu müssen, ging ich lieber in seine Richtung und stellte mich mit etwas Abstand zu ihm. Er war mir gegenüber nicht aggressiv und ich fühlte mich in seiner Nähe beinahe wohl.

Die anderen Pferde hatten auch diese Szene wieder beobachtet. Vorsichtig kam ein weißes Pony auf mich zu, welches noch viel kleiner als ich war. Es reckte seine Nase in meine Richtung und wir begrüßten uns zurückhaltend. Er wollte ebenfalls keinen Ärger, das merkte ich sofort.

So lernte ich nach und nach die Pferde dieser Herde kennen und konnte mir ein Bild von der Rangfolge machen: Die große braune Stute war eindeutig die Anführerin dieser Herde, dicht gefolgt von der großen, schwarzen Stute. Ein grauer Wallach, ebenfalls ein Großpferd, war der nächste. Die anderen Pferde waren alle Ponys, so wie ich auch. Da war der braune Wallach, den ich schon kennen gelernt hatte, gefolgt von einer kleinen Fuchsstute, welche mich eindeutig nicht leiden konnte. Sobald ich in ihre Richtung blickte, legte sie die Ohren an und drohte mir. Schließlich gab es dann noch die beiden ganz kleinen Ponys: Das eine war eine weiße Stute, das andere eine kleine schwarz-weiß gescheckte Stute, welche schon etwas älter war. Ganz am Ende der Rangfolge stand vorerst ich selbst, da ich der Neuling war und keinen Streit beginnen wollte. Mir war nur wichtig, dass ich nicht alleine war.

Erst nach einiger Zeit hatte ich mich ein wenig entspannt, so dass ich fressen konnte. Dabei suchte ich vor allem die Nähe zu dem braunen Wallach. Er duldete mich weiterhin neben sich und machte keine Anstalten, mich zu verscheuchen. Langsam kehrte Ruhe in die Herde ein und ich hatte erstmals das Gefühl, akzeptiert zu sein.

***

Am nächsten Tag durfte ich schon am Morgen mit zu den anderen Pferden auf die Weide. Wir grasten friedlich nebeneinander, während die Sonne langsam aufging und unser Fell mit ihren Strahlen wärmte. Sogar einige Vögel zwitscherten im Wald neben unserer Weide.

Ich konnte spüren, dass der Frühling bald Einzug halten würde. Der braune Wallach stand neben mir und döste ein wenig. Wie ich, schien er die wärmenden Sonnenstrahlen zu genießen und schloss immer wieder für einen Moment die Augen. Das war mir allerdings etwas zu riskant, da ich die Umgebung und die anderen Pferde immer noch nicht so gut kannte.

Nach einiger Zeit erkannte ich plötzlich aus dem Augenwinkel, wie eine Gestalt auf unsere Weide zukam. Ich drehte meinen Kopf um mehr erkennen zu können, achtete aber auch darauf, wie unsere Leitstute reagierte. Sie hatte die Ohren zwar in Richtung des Menschen gespitzt, machte aber keinen beunruhigten oder gar alarmierten Eindruck. Der Mensch öffnete das Weidegatter und lief auf unsere Herde zu. Instinktiv ging ich ein Stück weiter zur Seite und stellte mich hinter den braunen Wallach, sodass ich mich geschützt fühlte. Interessiert beobachtete ich aus meiner sicheren Position das Geschehen. Der Mensch, ein Mann, wie es schien, lief zu der Leitstute. Sie kam ihm sogar ein Stück entgegen. Dann streichelte er sie zwischen den Augen und legte ihr einen Strick um den Hals. Ohne jeglichen Widerstand folgte sie ihm, er musste nicht einmal an der Leine ziehen.

Ich war erstaunt. Sie trottete ihm freiwillig hinterher. In meinem alten Zuhause waren wir meist vor den Menschen weggelaufen, da wir immer schon geahnt hatten, dass nichts Schönes passieren würde. Entweder hatten sie uns geholt, um uns den restlichen Tag in die Boxen zu sperren oder um uns zu reiten. Da das Reiten mitunter auch sehr unangenehm für uns gewesen war, hatten wir es vorgezogen, vor den Menschen zu fliehen. Manchmal hatten sie dann aufgegeben und uns noch einen Moment in Ruhe gelassen. Daraus hatten wir gelernt. Bei einigen Menschen wussten wir: Wenn sie versuchten, uns zu holen, brauchten wir einfach nur weglaufen und wir hatten unseren Frieden.

Bei Menschen wie Frau Hartmann jedoch hatten wir uns meist einfangen lassen, wenn auch sehr widerwillig. Denn flohen wir vor ihr, hatten wir uns jedes Mal schmerzhafte

Bestrafungen eingefangen.

So etwas wie hier, dass das Pferd freiwillig dem Men folgte, war mir unbekannt. Vielleicht waren die Zweibe hier ja doch nicht so schlecht? Ebenfalls überraschte mi dass keines der Herdenmitglieder nervös wurde, obwohl di Leitstute uns verlassen hatte. Das schien hier ebenfalls völlig normal zu sein.

Die große, schwarze Stute nahm vorübergehend ihren Platz ein, denn nun war sie die Ranghöchste.

Es verstrich einige Zeit, bis unsere Leitstute wieder zu uns zurückkehrte. Der Mann öffnete das Weidentor, ließ sie hineinlaufen und schloss es dann wieder. Auf mich machte sie einen recht entspannten Eindruck. Sie schwitzte ein wenig und kaum war der Mensch aus unserem Sichtfeld verschwunden, kam sie zu uns und wälzte sich genüsslich. Danach stand sie auf, schüttelte sich und blickte aufmerksam zu uns.

Nachdem sie sich vergewissert hatte, dass die Herde vollständig und alles in Ordnung war, drehte sie sich zu dem großen Wassertrog um. Dieser stand in der Mitte unserer Weide und das gescheckte kleine Pony trank gerade daraus. Hastig zog es seinen Kopf zurück, als die Leitstute mit angelegten Ohren, den Trog für sich beanspruchte. Schließlich kehrte wieder Ruhe in die Herde ein und wir grasten friedlich nebeneinander, während immer mehr Wolken am Himmel entlangschwebten.

Konfrontation

Am Nachmittag kam Katja zu uns. Ich erkannte sie schon aus einiger Entfernung an ihrer Statur und daran, wie sie sich bewegte. Nicht so schwerfällig wie der große Mann, er stampfte immer so. Katja dagegen hatten einen ruhigen und leisen Gang. Sie lief direkt auf mich zu und streichelte meinen Hals, als sie bei mir angelangt war.

Ich war ihr zwar nicht entgegengelaufen, aber hatte auch keinen Versuch unternommen, zu fliehen. Bis jetzt war sie immer gut zu mir gewesen. Auch heute zog sie mir ein Halfter über den Kopf und führte mich weg von den anderen. Etwas verunsichert stapfte ich hinter ihr her. Gerade hatte die Herde mich anerkannt, da musste ich schon wieder fort! Zweimal blickte ich noch zurück. Katja gab mir aber mit leichtem, kurzem Ziehen an dem Strick zu verstehen, dass ich ihr weiterhin folgen sollte.

Mittlerweile war die Sonne gänzlich hinter den Wolken verschwunden und es wehte eine kühle Brise. Wenn es so stürmisch war, fühlte ich mich immer etwas unwohl. Überall raschelte es und der Wind machte pfeifende Geräusche.

Katja brachte mich zum Anbindeplatz und verschwand daraufhin sofort in dem Gebäude. Als sie wiederkam, begann sie mein Fell zu bürsten und meine Mähne zu striegeln. Aber an diesem Tag konnte ich mich dabei einfach nicht richtig entspannen. Überall waren neue, fremdartige Geräusche und ständig musste ich meinen Kopf drehen, um zu sehen, was es war. Katja redete mir die ganze Zeit über ruhig zu und streichelte mich.

Da hörte ich plötzlich Hufgetrappel. Ich blickte mit gespitzten Ohren in die Richtung, in welcher ich das verursachende Pferd vermutete. Tatsächlich kam nach kurzer Zeit der braune Wallach um die Ecke gebogen und der Mensch, welcher ihn am Strick führte, stellte ihn direkt neben mich. Wir begrüßten und beschnupperten uns. Sofort fühlte ich mich besser, denn ich war nicht mehr das einzige Pferd hier.

Die zwei Menschen begannen zu sprechen.

»Hi Katja ... Ich hab dein Fahrrad vorne gesehen, da dachte ich mir schon, dass du dich mit deinem Neuen beschäftigst. Jetzt lern ich ihn auch mal kennen.«

»Oh Lisa, ich freu mich echt, dich zu sehen. Wir verpassen uns ja irgendwie immer. Wie geht's dir denn und wie macht Kuno sich?«

»Super. Stimmt's Dicker? Wir arbeiten jetzt oft im Gelände. Ich habe heute vor, mal eine kleine Runde mit ihm auszureiten. Bis jetzt habe ich ihn ja meistens geführt. Was machst du mit Toffka?«

»Ich will heute gern auf den Platz und schauen, ob er an der Doppellonge mit sich arbeiten lässt. Da bin ich sehr gespannt.«

Während die beiden weiter miteinander sprachen, beobachtete ich sie. Katja war fertig damit mich zu putzen und hatte einige Utensilien neben mir abgelegt, welche ich musterte. Ich konnte zwei Longen erkennen und eins von diesen großen Stoffdingern, die unter den Sattel gehörten.

Nur, dass hier der Sattel fehlte ... Stattdessen sah ich ein schmales, schwarzes Ding neben mir liegen.

»Danke, dass ich mir deinen Longiergurt leihen darf. Ich muss mir jetzt auch endlich mal einen besorgen.«

Die zwei Mädchen unterhielten sich noch immer ohne eine Pause. Was mir besonders auffiel war, dass Katjas Stimme viel lauter und schneller war, als wenn sie nur mit mir sprach. Nun kam sie mit dem Stoffding auf mich zu und legte es auf meinen Rücken. Danach nahm sie das schwarze lange Ding in die Hand und machte Anstalten, es ebenfalls auf meinen Rücken zu legen. Verunsichert machte ich einen Schritt zur Seite und starrte das Teil an. Katja bemerkte, wie irritiert ich war und hielt es mir dann einfach vor die Nase.

Mit gespitzten Ohren und wachsendem Interesse schnupperte ich daran. Es roch so ähnlich wie ein Sattel, aber auch nach einem anderen Pferd. Vor allem hatte es aber wieder eine unnatürliche Note. Wie fast alles von den Menschen. Von dem Ding schien keine weitere Gefahr auszugehen und ich wandte mich davon ab. Katja drehte sich also wieder um und legte mir das Teil nun auf den Rücken. Diesmal wich ich nicht aus.

Wie auch bei einem Sattel war da ein Gurt, der unter meinem Bauch entlanglief. Instinktiv holte ich tief Luft und hielt sie in meinen Lungen gefangen. Katja schloss den Gurt und ich atmete aus. Erleichtert stellte ich fest, dass er nicht so fest war, dass er mir Schmerzen bereitete. Auch das Gewicht auf meinem Rücken war nicht so hoch, wie bei einem Sattel.

Nun sah ich Katja an und wartete darauf, dass sie mir

wieder dieses furchtbar schmeckende Metallstück ins Maul stecken würde. Nach dem Satteln war das normalerweise der nächste Schritt, egal welcher Mensch mich zum Reiten fertig machte. Tatsächlich kam Katja dann mit so einem Ding in der Hand zu mir und streifte mir mein Halfter über Ohren und Hals. So wurde ich daran gehindert wegzulaufen, während ich getrenst wurde. Das kannte ich schon aus meinem alten Stall.

Katja stellte sich nun seitlich neben meinen Kopf und zog mir das doofe Ding über. Da bemerkte ich etwas Seltsames: Obwohl Katja mir eine von diesen Trensen-Dingern aufgesetzt hatte, war nichts in meinem Maul. Ich fühlte die ledernen Riemen an meinem Kopf, die genau so saßen wie bei jeder anderen Trense. War das ein neues Halfter? Ich war völlig irritiert.

»Hast du dich also doch für das simple schwarze Knotenhalfter entschieden, Katja? Das sieht auf jeden Fall besser aus als dieses komische Braune. Es steht Toffka gut.«

»Ja, ich denke auch, das schaut am besten aus. Ich hätte ja auch keinen passenden, braunen Sattel gehabt, also bin ich bei Schwarz geblieben.«

Gerade war ich froh gewesen, dass beide damit aufgehört hatten zu reden und schon gingen ihre Münder wieder auf und zu. Ich konnte mir nicht erklären, warum Menschen immer so laut kommunizierten. Wir Pferde brauchten dazu nur einige nonverbale Gesten. Nie würden wir auf die Idee kommen, uns über so einen langen Zeitraum anzuwiehern. Die Gefahr, damit Raubtiere anzulocken, wäre viel zu groß.

Ich schaute hinüber zu meinem Wallach-Freund. Er stand ruhig da und hatte sogar ein Bein leicht angehoben. Er schien zu dösen, obwohl der Wind uns um die Ohren pfiff. Erstaunt stellte ich fest, dass auch er nichts in seinem Maul hatte, worauf er kauen musste.

»Na dann legen wir mal los. Wir können ja nachher, wenn wir die Pferde fertig haben, noch mal quatschen. Bis dann!«, hörte ich das andere Mädchen sagen. Ich sah zu, wie sie sich auf den Braunen setzte und er langsam wieder wach wurde. Sein dösender Blick klärte sich auf und wurde wieder aufmerksam.

Nun kam auch Katja zu mir. Sie schwang sich allerdings nicht auf mich, sondern machte das Halfter ab, welches um meinen Hals geschlungen war. Danach machte sie Anstalten, mich an den Zügeln wegzuführen. Das wollte ich auf keinen Fall! Ich blieb stehen und schaute zu meinem Freund, der im Schritt an mir vorüberging. Er ging in eine andere ganz andere Richtung, als Katja mit mir.

»Na komm, Toffka ... Ihr seht euch doch dann wieder ...«, vernahm ich ihre Stimme und sie zog leicht an den Zügeln. Zögernd machte ich einige Schritte zu ihr, war aber mit meinem Blick weiterhin bei meinem Freund. Dieser interessierte sich allerdings gar nicht für mich.

Wieder spürte ich, wie Katja immer kurz und leicht an mir zog. Dazu sprach sie die ganze Zeit in ihrer ruhigeren und angenehmeren Stimme zu mir. Schließlich wandte ich mich ihr zu und begann ihr zu folgen. Einige Male schaute ich noch zurück, bis ich den braunen Wallach nicht mehr ausmachen konnte. Ich war also wieder allein mit Katja.

Wir liefen den gleichen Weg wie schon am Vortag zu dem großen, sandigen Platz. Obwohl ich ihn eigentlich schon kannte, war heute etwas ganz anders. Die Sonne schien nicht und alles wirkte viel dunkler und beängstigender. Der Wind rüttelte an der Umzäunung, was komische Geräusche verursachte. Das einzige, was mich davon abhielt einfach wegzulaufen, war Katja. Sie strahlte wieder eine angenehme Ruhe aus und gab mir das Gefühl, dass ich keine Angst zu haben brauchte. Trotzdem blieb ich wachsam und richtete meine Augen und Ohren bei jedem plötzlichen Ton danach aus.

Gemeinsam liefen wir bis zur Mitte des Platzes und Katja machte zu meinem Erstaunen die Zügel einfach ab. Stattdessen schnallte sie an beide Seiten jeweils eine Longe ein. Ich beobachtete sie genau, denn so etwas hatte noch nie jemand mit mir gemacht: Sie zog beide Leinen durch den seltsamen Gurt, welcher um meinen Bauch geschnallt war. Auf der Seite, auf der Katja nicht stand, lief die Leine nun hinter mir entlang. Ich verstand zwar nicht, was das sollte, doch ich blieb erst einmal, wenn auch leicht verunsichert, stehen. Katja drehte sich nun zu meinem Bauch um und machte sich an dem Gurt dort zu schaffen. Sie wollte ihn enger stellen, also holte ich schon wieder schnell Luft. Da hielt sie auf einmal inne und nach einer Weile musste ich die eingeatmete Luft wieder entweichen lassen. Erst dann zog sie den Gurt nach. Sie hatte mich überlistet. Allerdings hatte sie ihn lange nicht so eng angezogen, wie ich es von sonst immer gewöhnt war.

Nun ging Katja einige Schritte rückwärts und machte schnalzende Geräusche. Das kam mir nun doch bekannt vor. Ich hatte schon des Öfteren in einem Kreis, um einen Menschen herum, laufen müssen. Den Sinn dahinter hatte ich nie richtig verstanden. Da ich aber gelernt hatte, dass ich machen musste, was die Zweibeiner mir sagten, lief ich langsam los.

Dann geschah etwas Schreckliches. Die Leine auf der äußeren Seite straffte sich und ich spürte sie an meinen Hinterbeinen. Obwohl sie nicht sehr eng anlag, schossen mir sofort die Bilder von Frau Hartmann und den Mädchen in den Kopf, als diese mich verladen wollten. Die Longe hatte an diesem Tag auch da an mir entlang geführt. Ich war gezwungen gewesen, in das Ungetüm von Hänger einzusteigen. Ich verband mit der Longe an meinen Hinterbeinen also vor allem die Schmerzen und die Angst. Für mich blieb nur eine Option, um eventuellen neuen Leiden aus dem Weg zu gehen, ich ergriff die Flucht nach vorn.

Panisch rannte ich los und schlug nach hinten aus, wollte die grausame Longe einfach wegtreten. Aus dem Augenwinkel sah ich, wie Katja zu Boden stürzte.

Ich galoppierte noch einige Runden auf dem sandigen Platz und verfiel erst wieder in den Schritt, als ich die Leine nicht mehr an meinen Hinterbeinen spüren konnte. Immer wieder prustete ich laut und atmete heftig.

Katja war inzwischen aufgestanden und hatte einfach in

der Mitte des Platzes gestanden und nichts getan. Nun, als ich mich wieder etwas beruhigt hatte, kam sie langsam auf mich zu. Sie hatte mir ihre Seite zugewandt und schaute auf den Boden vor mich. Auf der Hälfte des Weges streckte sie die flache Hand in meine Richtung aus. Dann blieb sie ein kleines Stück von mir entfernt einfach stehen.

Nach kurzem Zögern kam ich auf sie zu und schnupperte an ihrer Handfläche. Leider befand sich darauf kein Leckerchen. Katja blieb immer noch still, fasste nur an den Riemen an meinem Kinn und bedeutete mir, mit ihr zu kommen. Wir kehrten wieder dahin zurück, wo sie vorher schon gestanden hatte und gestürzt war. Dort ließ sie mich los und nahm beide Longen in ihre Hände. Dann ging sie rückwärts und ich hörte ihre Stimme sagen: »Na los Großer, da müssen wir aber jetzt dran arbeiten«, und sie schnalzte mit der Zunge. Erneut begann ich, um sie herum zu laufen. Erneut spürte ich die Leine an meinen Hinterbeinen. Erneut rannte ich los und fing an wild zu buckeln. Doch diesmal sah ich Katja nicht fallen. Sie stand weiterhin in der Mitte des Platzes und ich hörte ihre Stimme immer wieder etwas sagen.

»Aaaaaaaalles gut, brrrrrr, ganz ruhig mein Dicker...« Dadurch, dass Katja stehen blieb und die Longen fest in ihrer Hand hielt, war ich gezwungen, zumindest weiter im Kreis um sie herum zu laufen. Blind vor Panik galoppierte ich also Runde um Runde, bis ich müde wurde. Noch immer war die Longe hinter mir, diesmal wurde ich sie einfach nicht los.

Erst nach sehr vielen Runden entschied ich mich,

aufzugeben und verfiel in einen schnellen Trab. Da spürte ich plötzlich, dass der Druck der Leine an meinen Hinterbeinen zwar nicht weg, aber zumindest nicht mehr so stark war. In meinem Kopf versuchte ich zu verstehen was das bedeutete.

War die Leine doch gar nicht so böse? Ich realisierte, dass mich bis jetzt auch noch niemand geschlagen hatte. Verunsichert drosselte ich mein Tempo und lief dann im Schritt weiter im Kreis. Nun nahm ich auch Katja wieder wahr. Ihr Kopf und ihre Arme waren gesenkt und ich stellte fest, dass sie dadurch mit mir kommunizierte. Durch ihre Körperhaltung vermittelte sie mir, dass sie nichts Böses von mir wollte und dass ich nicht schneller laufen musste.

Plötzlich drehte sie sich zur Seite und blickte dabei auf meine Vorderhufe. Dieses Zeichen kannte ich von uns Pferden. Sie gab mir zu verstehen, dass ich zu ihr gehen konnte, was ich schließlich auch tat. Als ich neben ihr stand, streichelte sie mich zwischen meinen Augen.

»Gut gemacht. War doch gar nicht so schlimm«, und während sie das sagte, strich sie mir noch einmal über den Hals. Dann drehte sie sich frontal zu mir um und trieb mich mit dem Ende einer der Leinen an, indem sie diese leicht in meine Richtung schwang. Ich spürte einen leichten Druck auf der äußeren Seite, ausgelöst durch die Leine an meiner Trense. Mir wurde bewusst, dass Katja mir so zu verstehen gab, dass ich weiter nach außen gehen sollte. Sie lenkte mich, obwohl sie nicht auf mir saß und das sogar ohne, dass ich Schmerzen im Maul hatte. Obwohl ich wieder die Leine an meinen Hinterbeinen spürte, blieb ich diesmal ruhiger.

Nach einer Weile im Schritt hob sie einen Arm, schnalzte und warf das Ende der Leine wieder leicht zu mir. Ich wechselte in den Trab. Daraufhin sagte sie etwas, der Tonfall von ihr klang freundlich, als hätte ich gerade eine Sache richtig gemacht. Mein inneres Auge und auch mein inneres Ohr waren nun auf sie ausgerichtet und das Heulen des Windes wurde zur Nebensache. Ich lief eine Weile so weiter, da spürte ich plötzlich einen stärker werdenden Druck der äußeren Leine. Die innere war ganz locker.

Beim Reiten bedeutete das für mich, dass ich in die Richtung gehen sollte, aus welcher der Druck erfolgte. Also wandte ich mich um, drehte mich also einmal um die Hälfte und lief in die entgegengesetzte Richtung im Kreis. Wieder ertönte Katjas lobende Stimme. Nach zwei Runden spürte ich Druck auf beiden Seiten meiner Trense, weswegen ich immer langsamer wurde und schließlich anhielt.

Das Mädchen ließ die Longen zu Boden fallen und drehte sich erneut seitwärts, woraufhin ich dieser Einladung folgte und zu ihr kam. Sie streichelte mich ausgiebig, belohnte mich scheinbar für meine gute Arbeit und tauschte dann wieder die Longen gegen Zügel aus.

Das Training war damit beendet und sie brachte mich schließlich zurück zu den anderen Pferden. Kurz bevor sie das Tor zur Weide öffnete, streichelte sie mich erneut lang und ausgiebig. Dann ließ sie mich frei und kehrte zum Stall zurück. Ich beobachtete sie, bis sie um die Ecke gebogen war.

Der erste Ritt

Die nächsten Tage trainierte Katja mit mir weiter an den Longen. Jeden Tag kam sie zu mir, zu den unterschiedlichsten Tageszeiten. Ich begann, sie zu mögen. Nicht ein einziges Mal hatte ich etwas Schlechtes von ihr erfahren, sie war immer freundlich zu mir. Mit jeder Trainingseinheit vertraute ich ihr mehr.

An einem Nachmittag – die Sonne strahlte vom Himmel und es duftete regelrecht nach Frühling – befestigte sie die Zügel an meiner Trense. Gerade waren wir beide fertig mit dem Training geworden und ich nahm an, wir würden wieder zu den anderen Pferden gehen. Sie hatte mich wieder an den Longen im Kreis laufen lassen. Dabei war ich sogar über einige Stangen getrabt, welche Katja für mich bereitgelegt hatte. Doch statt, wie sonst auch den Sandplatz zu verlassen, stellte sich das Mädchen neben mich und strich mir auf einmal immer wieder über den Rücken. Sie begann bei meinem Widerrist, fuhr dann mit der Hand über den schmalen Gurt und das Stoffding und hörte erst auf Höhe der Kruppe wieder auf. Danach tat sie etwas sehr Eigenartiges: Sie hüpfte ein wenig hoch und legte sich dann mit ihrem Bauch auf meinen Rücken. Erstaunt drehte ich den Kopf und sah sie an. Was tat sie denn da?

Nach einigen Sekunden rutschte sie wieder an mir herunter und streichelte mich ausgiebig. Dann wiederholte sie dieses seltsame Spiel noch einige Male. Immer wieder wurde ich dafür belohnt, dass ich einfach nur dastand und nichts tat. Das gefiel mir zunächst, wurde dann aber langsam langweilig.

Doch plötzlich vernahm ich das Geräusch von einem laufenden Pferd. Ich schaute mich um und erkannte, dass der graue Wallach aus meiner Herde auf den sandigen Platz zukam. Auf ihm saß eine große, dicke Menschenfrau. Ich hatte sie schon einige Male gesehen und bekam in ihrer Gegenwart jedes Mal ein ungutes Gefühl. Sie holte den Grauen hin und wieder von unserer Weide und wenn er zurückkam, war er meist ganz aufgeregt und ängstlich.

Nun hatte auch Katja gesehen, dass jemand auf uns zulief und urplötzlich spürte ich eine Veränderung an ihr. Alle Muskeln in ihrem Körper schienen sich anzuspannen und sie wirkte überhaupt nicht mehr so glücklich, wie sie eben noch gewesen war.

»Ich denke, der ist schon eingeritten? Was hüpfst du denn jetzt an dem armen Tier hoch und runter?«, hörte ich die krächzende, laute Stimme der dicken Frau.

»Toll, die hat uns noch gefehlt ...«, sagte Katja leise und dann hängte sie, etwas lauter, daran an: »Ich will ja aber, dass er weiß, dass reiten mit mir nicht das Schlimmste ist. Lieber gewöhne ich ihn langsam an mich, als dass er mich dann mit schlechten Erfahrungen in Verbindung bringt.«

Die Frau war mittlerweile am Tor des Platzes angekommen und schwang sich vom Rücken des Grauen. Dann öffnete sie das Tor, kam mit ihrem Pferd herein und schloss es wieder. Ich wurde etwas nervös, als sie direkt zu uns kam.

»Ach, so schlimm ist reiten ja nun auch nicht. Einfach drauf und los. Wenn er nicht hört, gibt's halt mal einen kleinen Klaps und dann wird das schon!«, krähte die dicke Frau.

»Ich mach das halt gern ein bisschen anders. Weißt du, man kann auch anders mit Pferden umgehen, als du es gelernt hast. Es geht viel ... freundlicher und artgerechter! Sicher ist das schwer oder manchmal auch kaum umsetzbar, aber es sind schon die kleinen Dinge, die es einem Pferd ermöglichen, ein besseres Leben zu führen! Zum Beispiel muss ein Pferd nicht zwingend ein Gebiss im Maul tragen, nur weil wir das als Kinder so gelehrt bekommen haben! Und außerdem ...«, antwortete Katja und der Ton ihrer Stimme war nicht so freundlich wie sonst immer.

Sie wurde allerdings von der furchtbaren Frau unterbrochen. »Bitte, Katja, nicht schon wieder dieser Vortrag. Wir werden immer unterschiedlicher Meinung sein und ich will deinen Moralapostel-Vortrag nicht schon wieder hören!«

Als der Graue und die Frau bei uns angekommen waren, musterte ich den großen Wallach und erschrak. Er sah furchtbar aus. In seinem Maul war nicht nur ein Metallding, wie ich es von früher kannte. Nein, an seinem Maul war eine ganze Apparatur aus Metall angebracht. Was mich aber am meisten schockierte war die Angst, die er ausstrahlte. Vielleicht war Katja ja deswegen so komisch. Erkannte sie, wie schlecht es dem Grauen ging?

»Außerdem willst du ja auch keine Dressur reiten und

Turniere gewinnen. Ab einem gewissen Leistungsniveau kommst du nun mal ohne Sporen und Kandare nicht weiter. Wenn du aber nur in deiner Freizeit reiten willst, wird das schon reichen, was du hier machst ...« Die Stimme der dicken Frau war schrecklich laut.

Ich sah zu, wie sie wieder auf den Grauen stieg und ihm die Fersen in den Bauch stieß. Schmerz blitzte in seinen Augen auf, doch er gehorchte.

»Der zeigen wir es!«, flüsterte Katja. Ich wusste zwar nicht, was sie sagte, aber an ihrer Stimme erkannte ich, dass sie mit mir sprach. Ausgiebig streichelte sie mich und sprang erneut an mir hoch. Doch diesmal ließ sie sich nicht wieder nach unten fallen, sondern blieb oben, richtete sich auf und schwang ein Bein über meinen Rücken. Nun saß sie auf mir.

Es war schon seit einiger Zeit niemand mehr auf mir geritten und ich hatte es nicht sonderlich vermisst. Doch da ich mittlerweile wusste, dass sie mir keine Schmerzen zufügte, ließ ich sie gewähren und vertraute ihr einfach.

Ich spürte, wie sie die Schenkel leicht an meinen Bauch anlegte und kurzen Druck ausübte. Wir drehten unsere erste gemeinsame Runde auf dem Platz. Von oben aus lobte sie mich wieder und strich mir dabei über beide Seiten meines Halses. Die ganze Zeit über spürte ich Katja. Ihre Bewegungen waren weich und meinen angepasst. Schließlich übte sie erneut kurz Druck mit ihren Beinen auf mich aus und ich trabte an.

»Super, fein, mein Guter!«, hörte ich ihre lobende Stimme sagen. Meine Ohren hatte ich nach hinten auf sie gerichtet.

Es war das erste Mal in meinem Leben, dass ein Mensch auf mir saß und ich dabei kaum Schmerzen hatte. Da sich kein Metallding im Maul befand und der Gurt um meinen Bauch auch nicht so fest angezogen war, konnte ich mich beinahe unbeschwert bewegen. Ich fühlte mich nur unwohl, wenn ich an dem Grauen vorbei musste. Seine Traurigkeit und Angst zu spüren, war für mich fast unerträglich.

Katja lenkte mich locker über den Platz, wir machten kleine und große Kreise, wechselten die Richtung und schließlich gab sie mir das Kommando zum Angaloppieren. Zwei Runden flogen wir über den Platz. Manchmal geriet sie etwas aus dem Takt und ging nicht richtig mit meinen Bewegungen mit, doch ich war ihr deswegen nicht böse. Im Gegenteil, ich versuchte ihr sogar zu helfen, indem ich nicht so schnell galoppierte.

Schließlich parierte sie mich wieder durch, ich trabte im Anschluss daran noch einen Moment und ging dann in den Schritt über.

»Großartig!«, hörte ich Katjas fröhliche Stimme und sie hielt mich an. Danach schwang sie sich von meinem Rücken und lobte mich ausgiebig durch Streicheleinheiten. Plötzlich schreckte uns die Stimme der dicken Frau wieder auf.

»Na Katja, am Sitz musst du aber noch ein wenig feilen. Im Galopp warst du ganz schön hinter der Bewegung!«

»Ja ich weiß, Sylvia. Ich bin jetzt schon eine Weile nicht geritten und ich gebe zu, nur mit Longiergurt ist das gar nicht so einfach. Eigentlich hatte ich auch gar nicht geplant, heute zu reiten. Aber er war so super drauf ...«

»Fürs Gelände reicht es ja wenigstens!“, krächzte die Frau.

»Allemal“, sprach Katja, nahm die Zügel in die Hand und wir verließen den großen, sandigen Platz. Der Graue schaute uns traurig hinterher.

Als wir am Ort mit den Pfosten angekommen waren, erblickte ich meinen Freund, den braunen Wallach, sowie seine Besitzerin. Bei den beiden spürte ich keine Angst. Ich hatte die Erfahrung gemacht, dass, wenn sich Katja und dieses Mädchen trafen, sie ohne Pause miteinander sprachen. Mittlerweile hatte ich mich fast daran gewöhnt.

»Sylvia ist auf dem Platz. Bist du sicher, dass du heute nicht lieber ins Gelände willst?«, hörte ich Katjas Stimme sagen.

»Danke für die Warnung. Dann werde ich wohl doch eine Runde in den Wald gehen. Zum Glück ist heute so schönes Wetter. Was hat sie denn schon wieder gemacht?«

»Na mit ihren Dressurkünsten angegeben und den armen Blue furchtbar straff geritten. Nur damit ich sehe, wie gut er hört.«

»Das ist ja wieder typisch ... Bist du dann gleich gegangen?«

»Nein, ich war irgendwie sauer und wollte ihr beweisen, dass es auch anders geht. Also hab ich mich auf Toffka draufgesetzt und wir sind einfach ein bisschen geritten.«

Während die beiden miteinander sprachen, befreite mich Katja von allen Reitutensilien und kratzte mir die Hufe aus. Das andere Mädchen dagegen begann, den braunen Wallach zum Reiten fertigzumachen. Wie immer war er völlig entspannt.

»... hat sich über meinen Sitz aufgeregt und dann gemeint, dass es fürs Gelände ja ausreicht. Die will ich mal sehen, wenn sie sich ohne Kandare, Ausbinder und Sporen auf ihr Pferd setzen soll ...« Ich begann, etwas zu dösen.

»... dann gib doch aber bitte nichts darauf, Katja. Du hast in zwei Wochen so etwas Tolles aus Toffka gemacht. Das schafft kaum ein Mensch! In so kurzer Zeit Vertrauen aufzubauen. Der war die ersten Tage so skeptisch, da bedarf es viel Geduld. Geduld, die Sylvia nicht mal im Traum aufbringen könnte!«

Die beiden Mädchen gingen zusammen in das Gebäude vor uns und kamen nach einigen Augenblicken wieder heraus. Ich schnaubte entspannt. Katja kam zu mir und streichelte mich.

Mittlerweile wusste ich, dass sie mich nicht mit Futter belohnte. Irgendwann hatte ich dann auch aufgegeben, danach zu betteln. Außerdem war es auch schön, so von ihr gekrault zu werden. Sie sprachen noch eine ganze Weile miteinander und mein Freund und ich wurden immer ungeduldiger. Als er schon begann mit den Hufen zu scharren, hörten sie endlich auf, uns zu ignorieren. Das Mädchen stieg auf den Braunen und Katja nahm mich am Strick mit in Richtung Weide.

Mittlerweile wusste ich: Wenn wir das Weidetor erreichten, machte sie nicht gleich auf, sondern wir standen noch eine Weile beieinander. Meistens streichelte sie mich und sprach noch mit ihrer beruhigenden Stimme zu mir.

»Ich bin sehr stolz auf dich, Großer ...«, flüsterte sie und kraulte mich zwischen den Augen. »Jetzt können wir endlich auch am Reiten arbeiten. Mal sehen, was mir morgen so für dich einfällt. Mach's gut, Dicker!«

Dann öffnete sie das Tor und ließ mich zu meiner Herde gehen. Das Erste, was ich tat, als ich schließlich bei ihnen stand, war, mich genüsslich zu wälzen. Da ich etwas geschwitzt hatte, trocknete ich mir so mein Fell etwas.

Früher hatte ich mich nur gewälzt, wenn keine Menschen mehr in der Nähe waren, da ich mich in ihrer Gegenwart nicht wohlgefühlt hatte. Doch hier war ich völlig entspannt, obwohl ich aus den Augenwinkeln noch Katjas Silhouette wahrnahm. Schließlich stand ich wieder auf, schüttelte mich und schnaubte mehrfach, um den Dreck aus meinen Nüstern zu bekommen. Dann ging ich in Richtung des Wassereimers.

Wieder einmal stand das gescheckte Pony dort und ich vertrieb es, denn mittlerweile war ich in der Rangfolge der Herde nach oben gestiegen. Einige Zeit später sah ich, wie die dicke Frau den grauen Wallach zu uns zurückbrachte. Kaum hatte sie den Strick von seinem Halfter entfernt, raste er los und machte mehrfach Bocksprünge um die Herde herum. Er war froh, dass er wieder frei war.

Eine Einheit

Die Zeit verging wie im Fluge. Katja kam jeden Tag zu mir. Die Frühlingssonne sorgte mittlerweile dafür, dass das Gras schneller wuchs und die Bäume endlich wieder grün wurden. Auch die Vögel waren zurückgekehrt. In der Herde herrschte ausgelassene Stimmung. Wir alle waren froh, regelmäßig die Sonne auf dem Fell zu spüren und statt dem trockenen Heu frisches Gras zu fressen.

Das Einzige, womit ich mich plagte, war der Wechsel meines Fells. Jedes Jahr war es dieselbe Tortur für mich. Das dicke Winterfell war für die wärmer gewordenen Tage einfach zu dicht. Häufig schwitzte ich und kämpfte darum, die überflüssigen Haare wegzubekommen. Obgleich ich mich oft wälzte und Katja mich jeden Tag putzte, schien es nicht weniger zu werden. Trotzdem schonte mich Katja nicht. Sie ritt jetzt des Öfteren auf mir, longierte mich an manchen Tagen aber auch oder holte mich bloß von der Weide, um mich zu putzen.

Mittlerweile vertraute ich diesem freundlichen Mädchen, verband keine einzige negative Erfahrung mit ihr. Manchmal hatte ich das Gefühl, sie redet wie einer meiner Artgenossen mit mir. Das erkannte ich an ihrer Körpersprache. Sie nutzte kaum laute Worte, um mich zu etwas zu bringen. Sie zeigte es mir nur durch ihre Bewegungen.

Sie hatte auch damit begonnen, mit mir spazieren zu gehen, ganz ohne auf mir zu reiten. Wir liefen nebeneinander her und ich durfte mir die Umwelt um den Pferdehof herum ansehen. Ein kleines Stück hinter dem großen Sandplatz, gab es einen Weg, welcher direkt in einen Wald hineinführte. Häufig ging sie mit mir dorthin, wenn wir gemeinsam eine Runde im Gelände machten. Waren wir tief genug hineingelaufen, kamen wir an einer Lichtung heraus, in deren Mitte sich ein kleiner Teich befand. Häufig ließ Katja mich daraus trinken. Mit ihr an meiner Seite war ich viel ruhiger geworden.

***

An einem Nachmittag döste ich gerade etwas in der warmen Sonne, als ich Schritte vernahm und die Augen öffnete. Ohne genau hinsehen zu müssen, wusste ich, dass es Katja war. Sie war dabei, das geöffnete Tor wieder hinter sich zu schließen und zu mir zu kommen. Ich freute mich, sie zu sehen und lief ihr ein Stück entgegen.

»Danke, dass du mir den Weg ersparst, mein Liebling!“, sprach sie leise und streichelte meine Nüstern, als sie an mich herangetreten war. Der Weg, den wir dann gingen, war wie immer der gleiche und so fand ich mich einige Augenblicke später schon am Stallgebäude angebunden wieder. Mit viel Ruhe begann sie mich zu putzen. Ganz besonders mochte ich es, wenn sie mich am Hals kraulte. Auch an diesem Tag genoss ich das wieder sehr. Verzückt machte ich ihn ganz lang und streckte den Kopf nach oben.

»Ja, das magst du, nicht wahr?“, sagte Katja und machte noch eine Weile so weiter, bevor sie sich schließlich an meinem Schweif zu schaffen machte. Immer wieder musste ich mich zwingen, nicht einfach die Augen zu schließen und zu dösen.

Nach einer Weile kam das Mädchen zu uns, welches immer auf meinem Freund, dem braunen Wallach, ritt. Ihr Name war Lisa, das wusste ich nun. Mittlerweile hatte ich mich auch an sie gewöhnt. Sie streichelte mich hin und wieder und Katja schien ihr zu vertrauen. Wie immer unterhielten sich die beiden.

»Ich bin ja gespannt, was er heute davon halten wird. Wenn er bei dir unter dem Sattel läuft, sieht das ja schon einmal gut aus.« Die Stimme des Mädchens hatte einen tieferen Tonfall, als die von Katja.

»Ja ich auch. Ich habe ja auf dem Sattel schon versucht, so viel wie möglich mit Gewichtshilfen zu arbeiten. Ohne Sattel müsste das ja noch viel besser gehen. Ich hoffe aber, ich kann mich gut halten, ich habe das schon ewig nicht mehr gemacht.« Katja brachte nun meine Trense an und band mich dann von dem Pfosten los, an dem ich die ganze Zeit gestanden hatte. Dann gingen wir mit dem Mädchen Lisa im Schlepptau zum sandigen Platz. Es war ungewöhnlich für mich, dass ich an diesem Tag überhaupt nichts auf dem Rücken trug, weder einen Sattel noch den langen Gurt. Was stellten sie denn heute mit mir an?

Nach einer Weile überholte Lisa uns und machte das Tor am Sandplatz auf, so dass wir hindurchgehen konnten, ohne anzuhalten. Wie immer wurde ich zur Mitte des Platzes geführt und Katja hielt mich dort an. Das andere Mädchen kam ebenfalls wieder in unsere Richtung gelaufen.

»Soll ich dich hochwerfen?«, fragte sie, als sie bei uns angekommen war.

»Ja, ich will mich ungern in seinen Rücken fallen lassen.«

Ich beobachtete, was die beiden neben mir machten. Sie stellten sich neben meine Schulter und dann sah es so aus, als ob das Mädchen Katja einfach hochheben würde. Ehe ich mich versah, saß diese nun schon auf meinem Rücken. Katjas Hand kraulte meinen Hals als Lob. Dann übte sie mit ihren Beinen leichten Druck auf meinen Bauch aus, woraufhin ich mich in Bewegung setzte. Sobald ich den ersten Schritt gemacht hatte, nahm sie den Druck auf meine Seiten wieder weg. In meinem früheren Reitstall war es so gewesen, dass meine Reiter dauerhaften Druck auf mich ausgeübt hatten, sowohl mit ihren Beinen, als auch mit ihren Händen, was sich schmerzhaft auf das Metallteil in meinem Maul ausgewirkt hatte. Zwar hatte ich mich nach und nach daran gewöhnt, doch es gefiel mir besser, wie Katja mich ritt. Hatte ich etwas richtig gemacht, entzog sie mir sämtlichen Druck und belohnte mich mit Streicheleinheiten. Ich hatte das Gefühl, sie arbeitete nicht gegen mich, sondern wir arbeiteten gemeinsam an einer Sache.

An diesem Tag kam aber hinzu, dass ich keinen Sattel auf mir spürte. Nichts trennte mich von mir und meiner Reiterin. Ich konnte ihre Bewegungen viel besser spüren und mich nach ihnen richten. In den vergangenen Tagen hatte ich bemerkt, dass Katja mich immer weniger über die Zügel lenkte. Stattdessen hatte sie ihr Gewicht auf mir verlagert und mir so zu verstehen gegeben, wohin ich gehen sollte Anfangs hatte mich das sehr verwirrt, da ich es gewöhnt war, über Impulse am Kopf gelenkt zu werden. Doch nach und nach hatte ich Katja besser verstanden.

Heute gelang es mir aber noch besser, ihre Signale deuten zu können. Das Mädchen Lisa stand mittlerweile nicht mehr in der Mitte des Platzes, sondern hatte sich am Tor auf den Zaun gesetzt und beobachtete uns. Nach einiger Zeit nahm ich sie nicht mehr wahr; ich war voll und ganz auf Katja konzentriert.

Zu Beginn hatten wir nur große Runden auf dem sandigen Platz gedreht, immer entlang des Zaunes. Doch dann spürte ich plötzlich eine Veränderung in Katjas Bewegungen. Sie verlagerte ihr Gewicht leicht auf die linke Seite. Unsicher, ob das ein Signal für mich war oder ob sie sich einfach anders auf mir positioniert hatte, lief ich geradeaus weiter. Da spürte ich einen leichten Zug am linken Zügel, woraufhin ich nach links abbog. Der Druck verschwand und ich spürte wieder eine lobende Hand an meinem Hals. Wir liefen einen leichten Bogen. Genau auf der Mitte des Platzes verlagerte Katja dann wieder ihr Gewicht, dieses Mal aber auf die rechte Seite. Dazu gab sie mir wieder ein weiteres Signal über den Zügel. Also bewegte ich mich nach rechts. Erneut wurde ich belohnt.

So ging das eine Weile weiter, bis Katja die Impulse über die Zügel wegließ und ich mich nur noch auf ihre Gewichtshilfen zu konzentrieren brauchte. Schließlich bekam ich das Kommando, schneller zu laufen und so verfiel ich in einen lockeren Trab. Ich spürte, wie Katjas Körper sich verspannte. Plötzlich passte sie sich nicht mehr richtig an meine Bewegungen an und plumpste mir ständig unangenehm in den Rücken. Sehr schnell gab sie mir über die Zügel das Signal, wieder langsamer zu werden. Dabei versuchte sie, sich schwer zu machen und ich fühlte, wie sie sich auf mir ein wenig zurücklehnte. Wir ritten zu dem Mädchen auf dem Zaun und blieben dort stehen.

»Oh je, ich bin das echt nicht mehr gewöhnt. Jetzt bin ich ihm dauernd in den Rücken gefallen«, hörte ich Katja sagen.

»Nun ja ... ich würde lügen, wenn ich behaupte, dass das eben total entspannt aussah. Mach dich locker und so schwer, wie du nur kannst.«

»Puh, ich versuche es ... Ich kann erst aufhören, wenn wir etwas Positives geschafft haben. Ich will nicht, dass er mit einem schlechten Gefühl hier raus geht.«

Ich wurde von Katja wieder aufgefordert loszulaufen. Nach einer Runde im Schritt beschleunigte sie mich erneut. Wieder spürte ich, wie die Muskeln in ihrem Körper sich anspannten und sie hinter meiner Bewegung arbeitete.

»Locker! Schwerpunkt!«, schrie Lisa plötzlich von ihrem Platz auf dem Zaun. Da konnte ich fühlen, wie Katja sich mit einem Mal etwas lockerte und sich meinen Trabschritten anpasste. Zumindest versuchte sie es. Einige Male fiel sie noch unsanft in meinen Rücken, doch mit jeder Runde wurde es besser.

»Braver Junge!«, hörte ich ihre Stimme und sie parierte mich wieder zum Schritt durch.

»Das war doch schon viel besser!«, rief das Mädchen. Katja lobte mich, indem sie beide Seiten meines Halses gleichzeitig kraulte. Ich schnaubte. Nun lenkte mich Katja in die Mitte des sandigen Platzes, hielt mich an und rutschte an mir herunter. Aus dem Augenwinkel konnte ich erkennen, dass auch das Mädchen ihren Standort verließ und sich auf uns zu bewegte.

»Ich lasse ihn so. Es war zwar jetzt nicht viel, aber besser werde ich es heute nicht hinkriegen. Und Galopp möchte ich erst versuchen, wenn der Trab sicher ist. Oder was meinst du?«, sprach Katja.

»Ja, ich würde auch sagen, dass du jetzt Schluss machst. So schlecht war es ja am Ende nicht.«

»Irgendwann kriegen wir das schon noch perfekt hin, Toffka. Jetzt machen wir aber erst mal Schluss - du Glückspferd! Andere Pferde werden eine Stunde über den Platz getrieben und du darfst nach 25 Minuten schon wieder gehen!«

***

In den nächsten Tagen versuchte Katja erneut, so auf mir zu reiten, wie an diesem Tag. Mit jedem Mal wurde es besser. Unsere Bewegungen begannen ineinander zu verschmelzen. Im Trab fiel sie mir kaum noch schwer und unangenehm in den Rücken.

An einem recht trüben Tag versuchte sie das erste Mal auf mir, ohne Sattel, zu galoppieren. Wie schon im Trab blieb sie zu Beginn der Galopp-Übung immer hinter meiner Bewegung. Doch auch das besserte sich nach einigen Versuchen. Schließlich ritt sie fast täglich ohne Sattel auf mir und das in allen Gangarten. Als sie sich an meine Bewegungen vollständig angepasst hatte, machte mir besonders der Galopp Spaß. Manchmal ließ sie mich auch ganz schnell galoppieren. Dann versuchte sie, mich so wenig wie möglich in meinem Bewegungsablauf zu stören. Auch ihre Gewichtshilfen konnte ich viel besser spüren und umsetzen. Bald lenkte sie mich nur noch damit und nicht mehr über die Zügel. Wir waren ein Team geworden.

Der seltsame Mann

Eines Tages wurde die gesamte Herde, also auch ich, von dem großen Mann in den Stall gebracht. Seltsamerweise war es mitten am Tag und das Wetter war zwar kühl, aber sonnig. Uns zu dieser Zeit in die Boxen zu sperren, machte er sonst nie. Im Gegenteil, seit einiger Zeit blieben ich und einige andere meiner Freunde sogar die ganze Zeit draußen – auch in der Nacht. Diese Art von Freiheit gefiel mir sehr. Nun wurden wir also in den Stall gebracht und jeder musste in seiner Box stehen und abwarten. Nicht einmal Heu lag hier.

Sehnsüchtig steckte ich meinen Kopf aus dem geöffneten Fenster und sah hinaus zu den Wiesen. Es war schrecklich langweilig in dieser winzigen Box. Nach einiger Zeit hörte ich ein lautes Knarzen, welches von der Stalltür ausging und der große Mann kam zu uns herein. Er hatte einen Strick in der Hand, ging zu der Box des grauen Wallachs und nahm ihn mit nach draußen. Ich sah ihm hinterher. Durfte er etwa wieder hinaus auf die Weide und wir mussten hier drin bleiben? Eine Weile lang passierte gar nichts, doch dann tauchte er plötzlich wieder auf. Wie er aussah, schockierte mich ein wenig. Er war extrem aufgeregt und schwitzte stark. Ich konnte seine Angst regelrecht selbst spüren, was mich selbst gleich mit nervös machte.

Der große Mann brachte den armen Grauen in seine Box, wo dieser sich kräftig schüttelte und einige Male im Kreis drehte. Dann ging er zu der Box nebenan und holte unsere Leitstute hinaus. Auch mit ihr verließ er den Stall und erneut fragte ich mich, was dort draußen nur vor sich ging. Die Stute war nicht so angsterfüllt wie der Graue, als sie zurück kam. Trotzdem bemerkte ich, dass etwas nicht stimmte. Sie machte einen unentspannten, beinahe wütenden Eindruck auf mich.

Gerade hatte der große Mann die Boxentür hinter ihr geschlossen, als wieder menschliche Schritte ertönten. Katja, Lisa und noch zwei weitere Menschen, betraten nun die Stallgasse. Zielstrebig kam meine Katja auf mich zu und strich mir, zwischen den Gitterstäben, über die Nüstern. Heute war auch sie nicht so ruhig wie sonst. Ich wurde immer ängstlicher. Hier waren so viele Menschen, der Tagesablauf war ganz anders als sonst, immer mehr Pferde kamen von draußen verängstigt zurück.

Dazu kam auch noch, dass die Menschen angefangen hatten, sich laut miteinander zu unterhalten. Besonders die Stimme des großen Mannes dröhnte in meinen Ohren. Mehrfach drehte ich mich in meiner Box hin und her und scharrte mit den Hufen. Ich wusste nicht, wo ich zuerst hinsehen sollte.

Und schon wieder betrat ein unbekannter Mensch den Stall. Ich hatte ihn noch nie gesehen. Er war etwas kleiner als der große Mann, dafür aber sehr kräftig. Seine Stimme war tief und sehr laut. An ihm fiel mir aber noch etwas auf: Er roch sehr seltsam. Nach anderen Tieren, aber nicht nur nach Pferden. Und sehr künstlich, wie so vieles bei den Menschen, nur viel intensiver. Es war für meine Nase sehr unangenehm. Als er an meine Box herantrat und sich anlehnte, machte ich einige Schritte zurück und drehte mich weg von ihm. Seine

Stimme gefiel mir auch nicht.

Nach einiger Zeit nahmen sie sich das nächste Pferd mit nach draußen, diesmal war das gescheckte Pony an der Reihe. Katja kam in meine Box und streichelte mich gedankenverloren. Ich war zwar froh, dass sie da war, damit konnte sie mich heute allerdings nicht beruhigen. Eine ganze Weile lang beobachtete ich, wie die anderen Pferde aus und ein gingen. Die meisten kamen in heller Aufregung zurück, nur einige schienen gelassen zu bleiben. Katja hatte meine Box und auch den Stall nach einer Weile wieder verlassen.

Schließlich betrat der große Mann wieder die Stallgasse und kam diesmal auf meine Box zu. Er öffnete die Tür und mein ganzer Körper spannte sich an.

»Na dann wollen wir mal!«, hörte ich seine dröhnende Stimme in meinen Ohren und ich wich ein wenig zurück, als er einen Strick an meinem Halfter anbringen wollte.

»Warten Sie, Herr Baumer, ich nehme ihn gleich selber mit.« Erleichtert realisierte ich, dass Katja wiedergekommen war. Sie trat an dem großen Mann vorbei und nahm ihm den Strick aus der Hand. Dann verließen wir gemeinsam das Stallgebäude und gingen um die Ecke zu dem Platz mit den Pfosten.

Ich erblickte meinen Freund, den braunen Wallach, der eine Weile vor mir aus dem Stall gebracht worden war. Das Mädchen Lisa stand neben ihm und hielt seinen Kopf fest. Mit Schrecken stellte ich fest, dass auch der seltsam riechende Mann bei ihnen war und irgendetwas am Hals meines Freundes anstellte. In den Augen des Braunen sah ich, dass er sich zu fürchten schien. Katja band mich ein Stück von den Dreien entfernt an. Sie begann wieder, mich zu streicheln und mir mit ihrer ruhigen Stimme Dinge zuzuflüstern, auch wenn ich kein Wort davon verstand.

Ich beobachtete die Szenerie vor mir ganz genau. Der seltsame Mann stellte sich immer wieder neben meinen Freund, sagte laute Dinge und tastete an ihm herum. Was genau da allerdings vorging, erschloss sich mir nicht. Ich wusste nur eins: Es gefiel mir ganz und gar nicht. Am liebsten wäre ich einfach weggelaufen, doch da ich angebunden war, ging das nicht. Also scharrte ich nur unruhig mit den Hufen und trippelte von einer Seite zur anderen.

Nach einer Weile wurde mein Freund plötzlich losgebunden und der seltsame Mann ließ von ihm ab. Da realisierte ich, dass der braune Wallach nun wegging und ich allein hierbleiben musste. Entsetzt schaute ich ihm nach und wieherte einmal. Er antwortete nicht, da er völlig mit sich selbst beschäftigt war, wie es schien.

Der nächste Schock folgte sofort, denn der seltsame Mann kam auf mich und Katja zu. Jeder Muskel in meinem ganzen Körper war bis zum Zerreißen gespannt, als er mir stark auf den Hals klopfte.

»Das ist also der Neue im Stall! Im Pass steht, er heißt Sir Toffka, aber Herr Baumer sagte mir schon, ihr nennt ihn nur Toffka, richtig?« Seine laute Stimme, die direkt neben mir war, schmerzte in meinen Ohren.

»Ja, genau. Im alten Stall haben ihn wohl alle so genannt,

da haben wir es einfach übernommen«, sagte Katja.

»Na dann wollen wir mal! Ankaufsuntersuchung erfolgt?"

»Nein, sie sagten, alles wäre in Ordnung mit ihm und er wäre nie ernsthaft krank gewesen.«

»Sehr unvorsichtig, Katja. Woher willst du denn wissen, ob die dir auch die Wahrheit sagen? Da schaue ich jetzt lieber mal ganz genau hin!« Der Mann ging um mich herum und begann plötzlich, mich überall abzutasten, beginnend mit dem Rücken. Das war mir sehr unangenehm. Ich prustete laut und ängstlich, Katja streichelte mir über die Nüstern. Doch ihre eigene Unruhe blieb mir nicht verborgen. Ich spürte die Hände des Mannes, wie er mit einigem Druck über meine Wirbelsäule fuhr und dabei jeden einzelnen Wirbel abzudrücken schien. Es tat zwar nicht sehr weh, aber machte mir Angst.

Als er damit fertig war, hob er jedes meiner Beine an, streckte sie nach vorn und nach hinten. Bei dem letzten, dem rechten Hinterbein, wurde es mir schließlich zu viel und ich befreite mein Bein mit einem Ruck aus seinem Griff. Beinahe sofort spürte ich einen Klaps gegen meinen Bauch und seine laute Stimme rief: »Na na, jetzt mach mal keine Faxen hier!« Er versuchte es noch einmal und hielt mein Bein fest umschlossen, sodass ich es nicht erneut aus seinen Händen befreien konnte, obgleich ich es versuchte. Schließlich war er fertig und ließ meinen Huf unsanft auf den Boden fallen. Da ich damit nicht gerechnet hatte, knallte meine Hufspitze leicht auf den Boden und es ertönte ein lautes Geräusch. Der seltsam riechende Mann drehte sich zu uns um. »Also die

Knochen und Gelenke sehen auf den ersten Blick in Ordnung aus, keine Schmerzpunkte und auch sonst keine Auffälligkeiten. Willst du ihn weiterhin auf Eisen laufen lassen?«

»Eigentlich möchte ich gern, wenn der Schmied zu uns kommt, die Eisen runter machen lassen. Ich gehe ja auf keine Turniere mit ihm und auch sonst eher nicht auf unwegsames Gelände. Barhuf wäre das Beste für ihn«, sagte Katja leise.

Der Mann antwortete viel lauter: »Ja, das ist richtig. Weißt du denn, wie lange er schon Eisen hat?«

»Ich glaube, die Reitschülerin, die ihn lange geritten hat, sagte etwas von drei Jahren, die er jetzt beschlagen ist.«

»Drei Jahre ... Na einen Versuch ist es allemal wert! Weiß halt keiner, wie lange er für die Umgewöhnung braucht. Kannst ja mal mit Jörg reden, wenn er zum Beschlagen herkommt.«

»Hatte ich vor. Er kommt ja in einem Monat wieder, um sich die Hufe von allen anzusehen und ... hey Toffka, alles gut!« Ich wurde immer aufgeregter und hatte Katja mehrfach mit meinen Nüstern angestupst. Die Menschen redeten und redeten und ignorierten mich völlig, obwohl ich einfach nur weg wollte! Mir war es völlig egal ob Stall oder Weide - Hauptsache weg von dem Mann!

Nun hatte ich zwar wieder ihre Aufmerksamkeit, wurde aber nicht von dem Pfosten losgemacht. Katja streichelte meinen Hals und der seltsame Mann richtete seinen Blick erneut auf mich. Er kam nun auf meinen Kopf zu und fasste mir an meine Ohren. Schnell zog ich meinen Kopf zurück.

»Katja, festhalten bitte ...« Daraufhin hielt Katja mich am Halfter fest und fixierte damit meinen Kopf, so gut sie konnte.

Wieder berührte der Mann meine Ohren und ich hatte keine Möglichkeit, mich dem zu entziehen. Dabei war das dort eine sehr empfindliche Stelle und ich hasste es, wenn jemand mich da berührte. Glücklicherweise ließ er recht schnell wieder von ihnen ab. Was er dann tat, war für mich allerdings auch unbegreiflich; er fasste mir an meine Augen! Schnell machte ich sie fest zu.

»Gesund aussehende Ohren, kein bedenkliches Sekret an den Augen, Nüstern...«, murmelte der Mann vor sich hin, während er nun meinen Kopf ein wenig anhob. »Ja, Nüstern sind sauber. Gut«, sagte er nun eine ganze Spur lauter. Als Nächstes schob er meine Oberlippe nach oben. Da er direkt vor mir stand, versuchte ich meinen Kopf zu drehen, um ihn besser sehen zu können, doch er ließ es nicht zu.

»Zähne sehen auf den ersten Blick gut aus..., aber ich würde nicht weiter schauen, er macht ja keine Probleme bisher und ihr habt ja sowieso einen richtigen Pferdezahnarzt. Der macht das vermutlich besser als ich.«

»Ja, der kommt wahrscheinlich in einem Vierteljahr«, erwiderte Katja.

Dann ging der Mann endlich von mir weg, wenn auch nur einige Schritte. Ich verfolgte jede Bewegung von ihm ganz genau. Er ging zu einem großen Auto und schien dort nach etwas zu wühlen. Dabei machte er laute, klappernde Geräusche. Schließlich kam er zurück und hatte etwas in seiner Hand. Leider konnte ich nicht erkennen, was es war.

»Ich habe mir vorhin seinen Impfpass angesehen. Dazu muss ich sagen, dass die Vorbesitzer da scheinbar wirklich hinterher waren. Fehlt keine einzige Impfung. Ich würde heute gern die Tollwut-Impfung auffrischen. In Ordnung?«, dröhnte er.

»Ja klar, wenn es dran ist, machen wir das auch.«

»Gut, dann schauen wir mal, was du dazu sagst, kleiner Mann ...« Er raschelte mit etwas in seiner Hand, ich erkannte aber nicht, was er da tat. Dann beobachtete ich, wie der seltsame Mann sich neben mein Vorderbein stellte.

»Bitte wieder festhalten...«, murmelte er. Plötzlich spürte ich einen Stich an meinem Hals und riss voller Angst den Kopf nach oben. Da Katja mich festzuhalten versuchte, warf ich sie dadurch fast um. So schnell, wie dieser kurze Schmerz gekommen war, verschwand er auch wieder. Erneut klopfte der Mann mir mit großer Wucht mehrfach auf den Hals.

»Na na, hab dich doch nicht so! Tut doch gar nicht weh!«, sprach er laut und ging erneut zu dem großen Auto. »So, wir sind so weit durch. Falls dir was Untypisches an ihm auffällt, einfach bei mir durchklingeln. Aber es sieht jetzt auf den ersten Blick nicht so aus, als hätten die dich über den Tisch gezogen. Kannst ihn jetzt erst einmal in die Box bringen«, sagte der Mann mit seiner unangenehmen Stimme.

Erleichtert bemerktre ich, das Katja den Strick vom Pfosten löste und diese Tortur für mich beendet war. Wir liefen gemeinsam zurück zum Stall, wobei ich dieses Mal die Vorhut bildete, denn ich wollte, so schnell es ging, weg von diesem schrecklichen Mann.

In der Box angekommen löste Katja den Strick von meinem Halfter und streichelte meinen Hals. Ich drehte ihr den Rücken zu. Sie war heute auch gemein zu mir gewesen.

Nach mir wurde nur noch ein Pferd aus der Box geholt und nach draußen gebracht. Als auch dieses wieder zurückgekommen war, kamen der große Mann, Katja, Lisa und noch eine Person zu uns. Sie brachten uns wieder auf die Weide zurück. Welch ein gruseliger Tag!

Spaziergang

Am nächsten Tag regnete es stark und unsere Herde suchte unter unserem großen Unterstand auf der Weide Schutz. Katja kam nur sehr kurz vorbei, um mich zu besuchen. Zwar saß noch immer der Schreck vom vorigen Tag in meinen Knochen, als sie mich zu diesem seltsamen Mann gebracht hatte. Doch ich vergab ihr beinahe sofort, denn nun war sie wieder gut gelaunt und freundlich wie auch sonst immer. Sie kam zu mir gelaufen und streichelte mich eine ganze Weile über Kopf, Hals und Rücken. Dann verließ sie mich schon wieder.

***

Am Tag darauf erblickte ich die Silhouette von Katja schon am frühen Morgen. Sie stapfte durch das nasse Gras und die aufgeweichte Erde auf mich zu. Da es mich freute, sie zu sehen, lief ich ihr wieder ein Stück entgegen. Sie brachte mich von der Weide fort und begann am Platz mit den Pfosten mich zu putzen. Langsam kämpfte sich die Sonne zwischen den Wolken hindurch und ein einzelner warmer Strahl kitzelte meine Nüstern. Die Vögel zwitscherten endlich wieder. Entspannt schnaubte ich und ließ meinen Kopf leicht hängen. An diesem Tag schnallte sie mir mal wieder nichts auf den Rücken und stülpte mir auch keine Trense über den Kopf. Sie setzte mir nur ein anderes Halfter auf und befestigte an ihm eine lange Leine. Dann liefen wir gemeinsam in Richtung des sandigen Platzes.

Allerdings bogen wir an diesem Tag nicht dorthin ab, sondern liefen daran vorbei. Diesen Weg kannte ich schon, hatte aber trotzdem die Ohren aufmerksam gespitzt und sah mich um. Ich mochte es sehr mit Katja spazieren zu gehen, denn es brachte mir Abwechslung. Wie auch die meisten anderen Male ließen wir die letzten eingezäunten Wiesenstücke hinter uns und liefen auf den vor uns liegenden Waldrand zu. Die Sonne war nun endgültig zwischen den Wolken hervor gekommen, doch gerade, als mein Fell sich dadurch zu wärmen begann, tauchten wir in den Schatten des Waldes ein. Vom Regen war noch immer alles nass und um uns herum tropfte es von den Bäumen. Katja lief genau neben meinem Kopf und hielt in einer Hand die Leine. Die andere Hand hatte sie auf meinen Hals gelegt. So liefen wir still den schmalen Pfad entlang und achteten gegenseitig aufeinander.

Nach einer Weile kamen wir zu der Lichtung, wo wir auch sonst immer eine Pause machten und in deren Mitte ein kleiner Teich war. Auch heute liefen wir bis zu dessen Ufer und ich tauchte meine Nase in das kühle Nass. Ich liebte es, mit Wasser zu spielen. Katja blieb am Rand des Teiches stehen, hielt die Leine aber nur locker in der Hand, sodass ich ein Stück hineinwaten konnte. Es reichte mir gerade mal bis knapp über die Fesselgelenke. Ich hob mein rechtes Vorderbein und stampfte dann mit Schwung auf. Wassertropfen spritzten um mich herum und ich wiederholte diesen Spaß wieder und wieder, bis fast mein ganzer Bauch nass gespritzt war. Verzückt tauchte ich mit den Nüstern etwas unter und schüttelte meinen Kopf, sodass ich noch mehr mit dem Wasser spritzen konnte.

Katja machte am Ufer Geräusche. Die machte sie des Öfteren; aber auch nur, wenn sie glücklich war (›lachen‹ nannten die Menschen so etwas). Nach einer Weile spürte ich einen leichten Zug an meinem Halfter und meine Aufmerksamkeit wanderte wieder zu Katja. Sie stand leicht seitlich gedreht, hatte den Blick auf meine Beine gerichtet und begann in Bögen vor mir herzulaufen. Das bedeutete wie immer für mich, dass ich zu ihr kommen sollte. Also tat ich das auch. Wieder wurde ich von Katja lang und ausgiebig gekrault.

»Ach mein Liebling ... Ich hab dich so lieb ..., dich gebe ich nie wieder her!«, hörte ich ihre leise Stimme. Dann stellte sie sich vor mich und legte ihren Kopf an meinen, genau an den Punkt zwischen meinen Augen. Ich ließ sie gewähren, denn ich vertraute ihr schließlich. Einen Augenblick standen wir so da, dann wendete ich meinen Kopf ab und schaute hinter den Teich, da ich dort ein leises Knacken vernommen hatte. Doch ich konnte nichts Gefährliches ausmachen.

»Ich verstehe schon du Kuschel-Muffel, Schmusen ist langweilig und uncool!«, lachte Katja und kraulte meine Stirn. Wir blieben noch einen Moment auf dieser Lichtung, dann folgten wir weiter dem Pfad. Er war recht schmal und wir liefen eng beieinander. Manchmal ging Katja auch vor und ich stapfte ihr gemächlich hinterher. Schließlich kamen wir an eine Kreuzung. Hier wartete ich auf Katjas Entscheidung, denn sie war bisher nie denselben Weg zweimal hintereinander gegangen. Das letzte Mal, so entsann ich mich, waren wir geradeaus gelaufen. Diesmal bogen wir nach rechts ab. Hier war der Waldweg viel breiter und wir konnten nun wieder entspannt nebeneinander gehen.

Da bekam ich einen furchtbaren Schreck. Ich vernahm ein Geräusch, als würde ein Tier zwischen den Bäumen hervorschießen. Instinktiv machte ich einen Satz zur Seite, woraufhin Katja mir schnell auswich. Beinahe hätte ich sie umgestoßen. Erst jetzt sah ich mich nach der potenziellen Gefahr um. Es war ein Vogel, welcher ganz plötzlich aus dem Wipfel eines Baumes geflogen war und dabei vermutlich einige Blätter gestreift hatte.

Als ich realisierte, dass keine Gefahr drohte, beruhigte ich mich schnell wieder. Katja streichelte meinen Hals. Wir liefen noch eine Weile einfach geradeaus weiter, als sich rechts neben uns der Wald lichtete. Nun hatten wir freie Sicht auf eine riesige, grüne Fläche und Katja steuerte mich genau in diese Richtung. Als wir fast in der Mitte dieser Wiese angekommen waren, hielt sie mich an und setzte sich ruhig neben mich.

Ich verstand anfangs nicht so recht, was das sollte. Doch dann bemerkte ich, dass, wenn ich den Kopf senkte, Katja mich nicht maßregelte. Vorsichtig begann ich also zu grasen, achtete aber auf ihre Bewegungen Doch sie saß nur ganz entspannt da. Sie mochte es sonst nicht besonders, wenn ich bei Spaziergängen begann zu fressen, doch heute schien es in Ordnung zu sein. Manchmal verstand ich nicht, warum ich das eine Mal etwas durfte, was an einem anderen Tag wieder verboten war. Doch ich wollte mich nicht beschweren, denn das Gras war saftig und schmeckte köstlich.

Scheinbar schienen hier kaum Pferde vor mir gewesen zu sein. Um uns herum war eine herrliche Ruhe. Außer dem Rascheln der Blätter im Wald und dem Zwitschern der Vögel, gab es hier keine störenden Geräusche. Auch Katja sagte kein einziges Wort, was ich als sehr angenehm empfand. Wir passten in aller Stille auf uns auf, wie zu Hause in meiner Herde.

Erst nach einer ganzen Weile erhob Katja sich wieder und stellte sich neben mich, noch während ich fraß. Sie lehnte sich an meinen Bauch und strich mir sanft über den Hals. Dann begann sie mit ihren Händen über meinen Rücken zu streichen.

»Du wirfst mich doch nicht runter ... oder Toffka? Komm, wir probieren mal etwas aus! Im Gelände sind wir schließlich noch nie geritten.« Sie zog an der Leine und ich hob ein wenig widerwillig den Kopf. Dann spürte ich auch schon, wie Katja versuchte, an mir hochzuspringen. Zweimal hüpfte sie vergeblich an meiner Seite herum. Beim dritten Mal schaffte sie es auf meinen Rücken.

»Feiner Junge! So ist's brav!«, hörte ich ihre Stimme von oben und spürte ihre lobende Hand an meinem Hals. Dann schnalzte sie zweimal mit der Zunge. Dieses Geräusch verwendete sie sehr oft bei mir, wenn ich vorwärts gehen sollte. Also lief ich einfach geradeaus und gab mir wieder große Mühe, ihre Signale zu deuten.

Mittlerweile hatte ich ja gelernt, dass schon die kleinsten Gewichtsverlagerungen einen Richtungs- oder Tempowechsel bedeuteten. Allerdings versuchte ich auch, auf meine Umgebung zu achten. Meine Ohren wechselten ständig den Fokus zwischen meiner Umwelt und meiner Reiterin. Katja ließ mich nach links und rechts im Zickzack laufen und kleine Kreise um meine eigene Achse drehen.

»Seeeeeehr gut!«, sagte sie immer wieder. Da hörte ich plötzlich ein knatterndes, lautes Geräusch, welches aus dem Wald kam. Sofort drehte ich meinen Kopf, um zu sehen, was es war. Fast zeitgleich bemerkte ich eine Welle von Unsicherheit, welche Katja ausstrahlte. Schnell rutschte sie von meinem Rücken und stand wieder neben mir.

»Nur ein Traktor, mein Großer, nur ein Traktor ... Du brauchst keine Angst haben, das ist gar nichts Schlimmes ...«, murmelte sie und legte ihre Hand auf meinen Hals. Die Nervosität, die sie ausstrahlte, beunruhigte mich.

Kurz darauf sah ich das große Monster an der Wiese vorbeifahren, was ich von unserem Stall kannte. Es war sehr laut und machte mir ziemliche Angst. Wenn ich auf der Weide war und es hörte, suchte ich immer hinter den anderen Schutz. Doch hier waren keine anderen Pferde, nur Katja. Und die machte ja selbst einen ängstlichen Eindruck. Das Monster fuhr nun nah an der Wiese, auf der wir standen, vorbei. Ich machte einige Schritte nach hinten und stellte mich seitlich zu dem Ungetüm, bereit zu flüchten. Doch es schien mich nicht angreifen zu wollen, sondern fuhr an uns vorbei.

Bald war es hinter den Bäumen des Waldes wieder verschwunden und ich hörte noch einige Augenblicke seine schrecklichen Geräusche. Dann übertönten die Töne der Natur endlich das Monster.

»Siehst du, war doch alles gut. Jetzt komm, lass uns wieder Heim gehen.« Katja setzte sich wieder in Bewegung und wir gingen den Weg zurück, den wir gekommen waren, vorbei an dem kleinen Teich in Richtung Stall.

Panik

Mein neues Leben wurde immer abwechslungsreicher. Nun waren auch noch Ausritte dazu gekommen. Die machte Katja zwar nicht so oft mit mir, wie das Reiten auf dem sandigen Platz, aber wenn wir eine Runde im Wald drehten, genoss ich es sehr.

Der Sommer war nun ins Land eingezogen und es war schon früh am Morgen recht warm, kaum dass die Sonne aufgegangen war. Ich erinnerte mich mittlerweile kaum noch an meinen alten Stall und die Menschen, die dort gewesen waren. In diesem Stall, wo ich jetzt war, fühlte ich mich nun zu Hause. Ich war komplett in die Herde integriert und die Menschen (zumindest fast alle) waren sehr lieb und gutmütig. Außerdem durfte ich so lange draußen auf der Weide sein, wie noch nie zuvor im Leben. Die tägliche Arbeit mit Katja machte mir zumeist auch großen Spaß.

An einem Morgen, der schon früh erahnen ließ, dass es ein heißer Tag werden würde, lief Katja auf der Koppel auf mich zu. Neben ihr ging die Besitzerin meines braunen Wallach-Freundes, Lisa. Die beiden Mädchen holten uns ab und brachten uns zu dem Platz mit den Pfosten. Nebeneinander wurden wir angebunden und die Mädchen begannen, uns zu putzen, dabei sprachen sie unentwegt.

»Endlich kriegen wir das hin! Jetzt, wo Sommerferien sind, können wir ja öfters gemeinsam trainieren. Unsere beiden Dicken verstehen sich ja super!«, sagte das Mädchen.

»Oh ja, das müssen wir wirklich machen. Aber ich bin mal

gespannt, was Toffka heute dazu meint. Bisher war ich ja wirklich nur alleine im Gelände mit ihm ...«

»Das wird er bestimmt super finden. Acht Augen, die nach gefährlichen Tieren im Gebüsch Ausschau halten, sind besser als vier! Oder Kuno, was sagst du dazu, mein Dicker?«

»Da hast du definitiv Recht ... Ach Lisa, hast du zufällig Fliegenspray in deiner Putzbox? Meins ist leider leer und die Fliegen nerven ja jetzt schon...«

Noch immer war ich der festen Meinung, dass Katjas Verhalten verändert war, wenn ein anderer Mensch mit uns Zeit verbrachte. Ich mochte es lieber, wenn wir zu zweit unsere Ruhe hatten, weil sie dann nicht so laut war. Ich hatte sie aber trotzdem sehr gern.

Katja kam auf mich zu und hatte das weiße, komische Ding in der Hand, was sie nun seit einiger Zeit bei mir benutzte. Ich hatte am Anfang große Angst davor gehabt, doch nun war ich daran gewöhnt. Wenn sie darauf herumdrückte, kam dort nasses, stinkendes Zeug heraus. Ich verstand nicht was das sollte, aber ließ sie mittlerweile gewähren. Sie sprühte es mir auf die Brust, an die Ohren und zwischen meine Hinterbeine. Letzteres gefiel mir am wenigsten. Nachdem sie damit fertig war, wurde mir mein Sattel aufgelegt und meine Trense über die Ohren gestülpt. Das andere Mädchen tat dies bei meinem Wallach-Freund auch.

Kurz darauf wurde ich von dem Pfosten losgemacht und Katja führte mich ein kleines Stück weg vom Stallgebäude. Dann zog sie noch einmal den Gurt an meinem Bauch nach.

Mittlerweile hatte ich mich daran gewöhnt, denn Katja machte das sehr behutsam und nicht so ruppig, wie ich es von früher kannte. Schließlich stieg sie auf.

Ich sah mich um, während sie sich im Sattel positionierte. Mein Freund kam gerade in unsere Richtung gelaufen, auf ihm hatte Lisa ebenfalls schon Platz genommen. Neben mir hielten die beiden an. Kurz berührten der Braune und ich uns mit unseren Nüstern.

»Na dann wollen wir mal!«, hörte ich Katjas Stimme und spürte ihre Hand, als sie meinen Hals streichelte. Sie gab mir das Signal vorwärts zugehen und ich tat sofort, was sie verlangte. Auch mein Freund setzte sich neben mir in Bewegung. Die beiden Mädchen begannen wieder miteinander zu sprechen, doch nach einer Weile schaffte ich es, ihre Stimmen weitestgehend auszublenden.

Es war nun schon einige Male vorgekommen, dass mein Freund und ich gemeinsam auf dem sandigen Platz geritten wurden. Das gefiel mir immer sehr gut, denn so hatte ich einen Artgenossen in meiner Nähe.

Doch an diesem Tag steuerte Katja mich nicht auf den Platz, sondern dirigierte mich in Richtung unserer Spazierstrecke. Nebeneinander liefen wir die Wiese entlang und ich schnaubte zufrieden. Da mein Wallach-Freund neben mir ging, hatte ich das Gefühl, nicht ganz so aufmerksam sein zu müssen, wie sonst immer. Wir waren heute eine große Herde.

Schließlich erreichten wir den Waldrand und tauchten in seinen kühlen Schatten ein. Um uns herum war alles herrlich grün und die Vögel zwitscherten ihre fröhlichen Lieder. Abgesehen davon und von den Stimmen der beiden Mädchen war es recht still. Ich war entspannt und zufrieden. Im Gelände mochte ich es am meisten; da nun auch ein Freund an meiner Seite war, ging es mir noch besser.

Wie immer erreichten wir nach einer Weile den kleinen Teich. Katja steuerte mich direkt hinein. Das hatte sie vorher noch nie gemacht. Sonst war sie immer abgestiegen und hatte am Ufer gewartet, solange ich im Wasser geplanscht hatte. Lange ließ ich mich davon allerdings nicht irritieren. Stattdessen begann ich damit, das Wasser in verschiedenste Richtungen zu verspritzen. Das kühle Nass war eine Wohltat für meine Beine, denn obwohl wir im Schatten waren, wurde die Luft um uns immer wärmer.

Mein Freund weigerte sich, in den Teich zu gehen. Er lief daran auf und ab und tauchte nur einmal kurz seine Nüstern in das Wasser. Daraufhin prustete er und hob seinen Kopf wieder in die Höhe. Schließlich blieb er einfach ruhig stehen und wartete darauf, dass ich wieder herauskam. Immer wieder stampfte ich fröhlich mit den Vorderbeinen im Wasser herum. Katja machte auf mir ihre seltsamen, gluckernden Geräusche, die sie immer machte, wenn sie etwas lustig fand. Die Wassertropfen spritzten bis zu meinem Bauch und meiner Schulter hinauf.

»Toffka, jetzt bin ich ja ganz nass wegen dir! Du kleiner Frechdachs!« Sie ließ mich noch eine ganze Weile gewähren, bevor sie mich sanft, aber bestimmt aus dem Wasser lotste. »Braver Junge, gut gemacht!«, hörte ich ihre Stimme.

»Wollen wir langsam weiter?«, fragte das andere Mädchen.

»Na klar, auf geht's!«

Wir verließen den Wald über denselben Weg, den Katja und ich immer gingen. Es war der schmale Pfad, weswegen wir hintereinander laufen mussten. Ich bildete dabei die Vorhut und mein Wallach-Freund folgte mir auf dem Fuße. Plötzlich schoss hinter uns ein Vogel aus dem Gebüsch und flog über unsere Köpfe hinweg. Der Braune hinter mir erschreckte sich fürchterlich und machte einen Satz nach vorn. Dabei rannte er direkt gegen mich. Das Mädchen auf ihm stieß einen spitzen Schrei aus.

Gefahr!

Obwohl ich mich nicht umsah, rechnete ich mit dem Allerschlimmsten. Wahrscheinlich ein Raubtier, welches meinen Freund angreifen wollte? Angst durchfuhr mich.

All das geschah innerhalb einiger, weniger Sekunden und ich handelte instinktiv so, wie schon meine Urahnen vor mir: Ich rannte. Alles um mich herum blendete ich aus, hatte meinen Blick nur nach vorn gerichtet, auf den Ausgang des Waldes. Ich musste hier weg!

Gefahr!

Katja, die noch immer auf mir saß, machte die ganze Zeit komische Geräusche und zog an den Zügeln. Sie rief Dinge wie: „Aaaaalles gut, Toffka, bleib stehen!« oder „Haaaaaaaaalt, Toffka, bitte!«, aber obwohl sie versuchte, ihre Stimme ruhig zu halten, spürte ich ihre Angst. Das machte alles nur noch schlimmer.

Ich ignorierte sie schließlich. Meine oberste Priorität war

aus der Gefahrenzone herauszukommen. Äste peitschten mir ins Gesicht und an meine Brust, doch ich spürte sie kaum. Der Ausgang aus dem Wald war ganz nah. Ich sah schon die Wiese durch die Bäume hindurch. Dann war es geschafft. Ich raste in wildem Galopp über das Gras, immer noch in größter Panik.

Meine Angst wurde noch größer, als ich plötzlich spürte, wie Katja ihr Gewicht mit einem Mal auf die Seite fallen ließ und wieder laut aufschrie. Ich schlug einen kleinen Haken und plötzlich war ihr Gewicht von meinem Rücken verschwunden.

»Toffka!!!«, hörte ich ihre schrille Stimme hinter mir. Wild buckelnd rannte ich so schnell mich meine Beine tragen konnten fort von dem Ort des Schreckens, hin zu meinem Zuhause. Unkontrolliert schlugen die Zügel an meinen Hals und die Steigbügel an meinen Bauch.

Nach einer Weile konnte ich das Stallgebäude in der Ferne ausmachen und verlangsamte meinen Galopp etwas. Dann wieherte ich laut und wartete auf die Antwort meiner Leitstute oder von einem anderen Pony aus meiner Herde. Zu meiner großen Erleichterung hörte ich das hohe Wiehern des gescheckten Ponys. Schließlich verfiel ich in einen ruhigen Schritt und schnaufte erschöpft. In meiner Panik hatte ich gar nicht gemerkt, wie anstrengend es gewesen war, so lange in rasendem Galopp über die Wiesen zu fliegen.

Ich bemerkte, dass ich Hunger hatte, doch bevor ich meinen Kopf zum Grasen nach unten senkte, sah ich mich um. Waren hier noch irgendwo Gefahren? Hatte mich ein böses Ungeheuer verfolgt?

Dort! Etwas kam aus Richtung des Stalls auf mich zu. Ich strengte mich an und versuchte herauszufinden, was da in meine Richtung lief. Es war nicht sonderlich schnell. Trotzdem war ich beunruhigt. Schließlich realisierte ich, dass es drei Menschen waren, die sich auf mich zubewegten. Einer von ihnen war der große Mann. Die beiden anderen hatte ich schon einmal gesehen, aber kaum Kontakt mit ihnen gehabt. Sie kamen näher und näher.

Da ich noch immer aufgeregt war, misstraute ich dieser Situation sehr. Was wollten sie von mir? Ich entschloss mich dazu, zurückzuweichen.

Kaum hatte ich einige Schritte weg von ihnen gemacht, hörte ich die Stimme des großen Mannes: »Heeee, gaaaanz ruhig. Komm her, Toffka. Komm jetzt her«, und er streckte eine Hand in meine Richtung. Ich verstand seine Körpersprache einfach nicht. Er streckte mir seine Hand entgegen, das machten die Menschen oft, wenn sie Kontakt aufnehmen wollten. Aber seine Haltung war in meinen Augen sehr aggressiv. Er lief frontal auf mich zu, mit großen Schritten und die beiden anderen Menschen taten es ihm gleich. Seine Stimme dröhnte in meinen Ohren. Ich bekam es mit der Angst zu tun und trabte weg von ihnen. Erst als ich den Weidezaun erreicht hatte, hinter dem meine Herde stand, machte ich wieder Halt. Sie alle waren ebenfalls bis an den Zaun herangekommen und musterten mich. Hier fühlte ich mich gleich viel sicherer.

Trotzdem ließ ich die Menschen nicht aus den Augen. Sie

folgten mir in einigem Abstand. Als sie bis auf zwei Pferdelängen herangekommen waren, blieben sie schließlich stehen.

»Katha, vielleicht probierst du es mal alleine? Dina und ich bleiben einfach im Hintergrund. Ich denke, wir sind einfach zu viele und regen ihn nur auf«, hörte ich schon wieder die Stimme des großen Mannes.

»Ja klar, ich versuche mal mein Glück«, sprach dann die eine Frau. Sie war kleiner als die beiden anderen Menschen und machte mir am wenigsten Angst. Ihre Stimme hatte auch etwas Ruhiges wie bei Katja. Argwöhnisch beobachtete ich, wie sie seitlich auf mich zukam. Sie hatte ihren Körper jetzt anders ausgerichtet und näherte sich mir nicht in frontaler Haltung. Mit ruhigen Schritten kam sie auf mich zu, ihre Schulter in meine Richtung gedreht. Aus ihrem Mund kam kein Wort hervor. Als sie fast bei mir war, hob sie langsam den Arm und hielt ihn in meine Richtung. Von ihr schien keine Gefahr auszugehen. Ich streckte meinen Hals und schnupperte an ihrer Hand. Langsam und in aller Ruhe streichelte sie meine Schulter und fasste dann vorsichtig nach meinen Zügeln.

»So ist's brav, Toffka. Komm mit mir mit!«, sagte sie dann und sprach sehr leise und ruhig. Langsam gelang es mir, mich ein wenig zu beruhigen. Sie stülpte vorsichtig die Zügel über meinen Kopf und führte mich dann weg von der Weide in Richtung Stallgebäude. Der große Mann und die andere Frau folgten mit etwas Abstand.

Am Platz mit den vielen Pfosten wurde ich angebunden

und schnell wechselte die kleine Frau meine Trense gegen das Halfter. Damit brachte Katja mich immer auf die Weide. Dann befreite sie mich von meinem Sattel und stellte einen Eimer voller Wasser vor meine Hufe. Erleichtert trank ich etwas.

»Gut, dass Lisa ihr Handy mitgenommen hat. Hast du schon gehört, ob Timo sie gefunden hat?«, hörte ich die Stimme der kleinen Frau.

»Er hat nicht noch mal angerufen. Zum Glück hat er Sunny gerade gesattelt, da konnte er auch gleich los. Zu Pferd ist es nun mal schneller als zu Fuß«, sagte der große Mann.

»Ja, gut, dass dein Sohn gerade trainieren wollte. Ich hoffe wirklich, Katja geht's gut. Ich geh mal ins Haus und hole vorsorglich unseren Notfallkoffer«, sagte die andere Frau und entfernte sich von uns.

»Hat Lisa am Telefon gesagt, was passiert ist?«, fragte nun wieder die kleine Frau.

»Nein, nur dass Toffka durchgegangen ist und wir Ausschau halten sollen. Bis er hier war, hatte ich, ehrlich gesagt, gehofft, dass Katja nicht gestürzt ist. Jetzt können wir nur die Daumen drücken, dass sie weich gefallen ist.«

»Ich hoffe es auch. Soll ich Toffka erst einmal auf die Weide bringen? Er sieht völlig erschöpft aus.«

»Ja, mach nur. Danke, Katha.«

Der große Mann entfernte sich nun ebenfalls, nur die Frau blieb und kam schließlich auch auf mich zu. Sie löste den Knoten an meinem Strick und führte mich dann auf die Weide. Ruhig öffnete sie das Tor, machte das Halfter ab und ging dann weg. Etwas verwirrt sah ich ihr nach. Irgend etwas stimmte hier doch ganz und gar nicht. Nach dem Reiten brachte mich doch sonst immer Katja auf die Weide und blieb noch einige Zeit, um mich zu streicheln. Wo war sie denn jetzt?

Nach einer Weile ging ich zu meiner Herde und begann zu grasen. Mein Magen machte sich endgültig bemerkbar und grummelte. Während ich kaute hob ich hin und wieder den Kopf, um nach meinem Wallach-Freund Ausschau zu halten, doch er kam und kam einfach nicht. Erst als schon eine ganze Zeit verstrichen war, bemerkte ich hektisches Treiben am Stall.

Ich konnte zwar nichts Genaues aus dieser Entfernung erkennen, doch ich machte viele Menschen aus, die hin und her liefen. Schließlich erblickte ich auch den braunen Wallach. Er wurde von einem der Menschen zu uns gebracht. Auch er sah sehr erschöpft aus und ging zuallererst zum großen Wassereimer in der Mitte der Weide. Dann stellte er sich mit zu mir und begann ebenfalls zu grasen. Für mich war die Welt wieder in Ordnung. Zumindest bis ich plötzlich ein unangenehm lautes Geräusch vernahm, die anderen hörten es ebenso und hoben argwöhnisch die Köpfe. Unsere Leitstute ging einige Schritte vor uns und spitzte die Ohren.

Ein riesiges Gefährt kam auf den Hof gerast und machte den unerträglichsten Lärm, den ich je vernommen hatte. Das Geräusch war immer ein und dasselbe und schmerzte in unseren empfindlichen Gehörgängen. Aufgeregt trabte unsere Leitstute vor uns auf und ab. Taaaatüüüü,

Taaaataaaa ... immer und immer wieder. Dazu leuchtete das komische Gefährt auch noch seltsam, so dass es die Augen verwirrte. Die Herde wurde immer unruhiger. Nach einer Weile verstummte das Geräusch endlich, doch das Licht blieb. Niemand von uns dachte mehr ans Fressen. Wir schauten alle gebannt auf das, was sich dort abspielte.

Noch mehr Menschen waren zu sehen und rannten hin und her. Schließlich verschwand das gruselige Gefährt wieder, natürlich nicht ohne sich lautstark zu verabschieden. Das ‚Taaaatüüüü, Taaaataaaa' entfernte sich immer weiter von uns, bis es verstummte.

Veränderte Zeiten

Von diesem Tag an veränderte sich plötzlich alles wieder. Katja kam mich gar nicht mehr besuchen und viele Tage lang auch sonst niemand. Die meisten anderen Pferde aus unserer Herde wurden täglich von der Weide geholt; nur ich durfte mit einem Mal nirgendwohin mitkommen. Zwar war ich nicht gänzlich allein. Ich hatte ja all meine Freunde um mich, aber ich verstand einfach nicht, wieso kein Mensch mehr zu mir kam.

Dies änderte sich erst, als die Sonne schon unzählige Male auf- und wieder untergegangen war. An einem sonnigen Tag kam ein fremdes Mädchen auf unsere Weide. Sie steuerte genau auf mich zu. Ich hatte sie hier vorher noch nie gesehen. Sie war recht klein (Katja war definitiv größer) und sehr zierlich. Nachdem sie bei mir angelangt war, stellte sie sich zu mir und ohne mich zu begrüßen, streifte sie mein altbekanntes Halfter über meine Ohren, dann zog sie an dem daran hängenden Strick. Irritiert stemmte ich mich gegen den Zug, den sie damit aufbaute. Ich kannte diesen Mensch nicht, warum sollte ich ihm folgen?

Sie drehte sich zu mir um, klopfte hart auf meinen Hals und sagte: »Na, komm jetzt mit, du willst doch nicht ewig unbewegt bleiben. Hab's Katja ja versprochen!« Damit ging sie wieder vor mich und zog kräftig an dem Strick. Noch immer hatte ich kein Einsehen, wieso ich mit ihr mitgehen sollte. Ich mochte sie nicht. Sie war ruppig und ich konnte spüren, wie genervt sie war. Erneut kam sie zu mir.

»Jetzt komm doch mal mit, Mensch!«, zischte sie und ehe ich mich versah, klatschte sie mir das Ende des Stricks auf meine Hinterhand. Erschrocken machte ich einige Schritte nach vorn. »Na also, geht doch!«, murmelte sie. Um nicht noch eine Rüge zu kassieren, folgte ich ihr nun doch.

Sie brachte mich fort von der Weide, hin zu dem Platz mit den Pfosten. Dort band sie mich fest und holte aus dem Stallgebäude Katjas komische Kiste. Die erkannte ich sofort. Daraus holte sie eins von den Putzdingern und begann, mich schnell und ruppig zu bürsten. Entspannen konnte ich dabei allerdings nicht. Ihre aufgeregte Stimmung machte mich nervös.

Plötzlich bog der große Mann um die Ecke. Seit Katja weg war, hatte ich ihn einige Male auf die Weide kommen sehen und manchmal hatte er mich gestreichelt. »Hallo, du bist bestimmt Ida, oder? Katjas Freundin«, hörte ich seine Stimme.

»Genau. Katja hat mich gebeten, Toffka ab und an zu bewegen.« Die Stimme des Mädchens klang recht hoch.

»Wie geht es Katja denn? Wir waren hier ja alle in heller Aufregung. Ihre Mutter hat uns nur eine Nachricht zukommen lassen, dass sie aus dem Krankenhaus entlassen wurde und jetzt noch eine Weile zu Hause bleibt. Was genau sie hat, weiß keiner von uns«, sagte der große Mann. Seine Stimme klang heute ganz anders. Besorgt und irgendwie ruhiger als sonst.

»Oh, das wissen Sie noch nicht? Sie hat sich das Schienbein gebrochen und hat eine Gehirnerschütterung. Bei dem Bruch sagen die Ärzte, dass sie so zwei bis drei Monate brauchen wird, um das Bein wieder vollständig belasten zu können. Sie geh jetzt an Krücken und ihre Mutter weigert sich, sie hierher zu fahren«, erklärte das Mädchen dem großen Mann. Dieser war an mich herangetreten und streichelte meinen Hals. Obwohl ich nie so richtig wusste, was ich von ihm halten sollte, gefiel mir das heute sehr.

»Na, das klingt ja nicht so gut ... Ich kann ihre Mutter zwar etwas verstehen ... Wir wissen doch alle, Katja würde sich hier wieder nur überanstrengen, aber andererseits ist das natürlich auch gar nicht gut für Toffka. Gut dass sie jemanden wie dich hat, damit der kleine Mann hier wenigstens etwas bewegt wird. Wenn du was von uns brauchst, sag Bescheid.«

»Das ist sehr nett, Herr Baumer. Ich bräuchte auch in der Tat etwas.«

»Klar, was benötigst du denn?«

»Eine Ponytrense. Bitte mit Gebiss.«

Der große Mann hielt in seiner Bewegung inne und seine Stimme klang mit einem Mal schon wieder verändert. Als wäre er erstaunt. »Ida, ich hätte gedacht, Katja hat dir gesagt, dass sie ihn gebisslos reitet.«

»Das hat sie auch, klar. Aber er hat sie im Gelände ja auch abgeworfen. Und ich habe noch eigene Pferde, für die ich fit sein muss. Das Risiko, ihn gebisslos zu reiten, gehe ich nicht ein«, sagte das zierliche Mädchen mit ihrer hohen Stimme.

»Weiß Katja, dass du ihn mit Gebiss reiten willst?«

»Natürlich weiß sie das.«

»Nun gut, wenn du das mit ihr abgesprochen hast ..., dann nimm die Trense, wo ›Risko‹ dran steht. Das war ein ehemaliges Einstellpferd, was den Stall gewechselt hat. Aber sein ganzes Zeug haben sie hier gelassen.«

»Dankeschön, Herr Baumer, dann nehme ich die. Ich mach Toffka jetzt erst mal fertig. Schönen Tag noch!«

»Dir auch, Ida. Melde dich, wenn du noch etwas brauchst.«

Ich sah zu, wie der große Mann sich von uns entfernte. Auch das zierliche Mädchen verschwand plötzlich im Stallgebäude und kehrte erst nach einigen Augenblicken wieder zurück. Sie hatte in ihrem Arm meine Reitausrüstung, wie es schien. Wollte sie mich etwa reiten? Oder kam Katja endlich zu mir? Sie war schon viel zu lange fort.

Ohne die Möglichkeit etwas ändern zu können, musste ich einfach abwarten, was auf mich zukam. Dies hatte noch nie zu meinen Stärken gehört.

Das Mädchen kam auf mich zu und warf mir mit Schwung den Sattel auf den Rücken. Es geschah so plötzlich, dass ich leicht zusammenzuckte und sie irritiert ansah. Unbekümmert zog sie den Sattelgurt unter meinem Bauch hindurch und mit einer ruckartigen Bewegung zog sie ihn so fest sie konnte zu. Da ich das nicht mehr gewohnt war, erschrak ich sehr und hatte keine Möglichkeit, meinen Trick von früher anzuwenden. Der Gurt drückte schmerzhaft in meinen Bauch und bei jedem Atemzug wurde es noch schlimmer. Unbeirrt machte das zierliche Mädchen weiter. Sie zog mir schnell und ruppig das Halfter über die Ohren und ließ es um meinen Hals hängen, damit ich nicht weglaufen konnte. Dann stülpte sie mir die Trense über den Kopf. Ich hatte das Metallding nicht gesehen, spürte aber, wie es plötzlich gegen mein Maul drückte. Ich kannte diese Prozedur ja noch von früher und biss sofort meine Vorderzähne aufeinander.

»Jetzt hab dich nicht so. Komm, mach auf!«, sagte das zierliche Mädchen. Sie steckte mir einfach ihren Finger in mein Maul, direkt an den Mundwinkeln. Um sie loszuwerden, machte ich Kaubewegungen. Leider hatte ich darüber nicht sonderlich nachgedacht. Ehe ich mich versah, drückte sie das Metallstück in mein Maul. Verdutzt kaute ich darauf herum. Ich hatte dieses drückende Gefühl mittlerweile fast vergessen und wünschte mir, ich wäre nicht schon wieder in so eine Situation gekommen.

Völlig überrumpelt wie ich war, musterte ich das Mädchen. Noch immer machte sie einen genervten Eindruck, keine Liebe oder Fröhlichkeit ging von ihr aus. Sie befreite mich schließlich von dem Pfosten, an dem ich angebunden gewesen war, nahm die Zügel in die Hand und führte mich zum sandigen Platz.

Sie lief die ganze Zeit eine halbe Pferdelänge vor mir und zog mich regelrecht mit sich, obwohl ich doch gar nicht mit ihr gehen wollte! Als wir schließlich am Sandplatz angekommen waren und sie das Tor hinter uns schloss, führte sie mich nicht in die Mitte so wie Katja. Stattdessen zog sie noch einmal mit aller Kraft an dem schrecklichen Gurt um meinen Bauch. Das war zu viel für mich. Um den

Schmerzen zu entgehen, machte ich einen Satz zur Seite. Leider blieb der Sattel auf mir liegen und das zierliche Mädchen hielt mich noch immer am Zügel fest.

»Lass den Mist!«, hörte ich sie sagen und sie kam sofort wieder zu mir. Ihre Hand klatschte schwungvoll an meinen Bauch und ich zuckte erneut vor Schreck zusammen. Nun zog sie wieder an dem Gurt und aus Angst, noch eine Rüge zu erhalten, blieb ich stehen. Der Gurt saß nun noch straffer. Ich wagte kaum, Luft zu holen.

Dann stellte sich das Mädchen seitlich neben mich und hob einen Fuß in den Steigbügel. Mein ganzer Körper verhärtete sich, jeder Muskel war gespannt. Sie wollte doch nicht aufsteigen, oder? Doch genau das tat sie. Schnell ließ sie sich in den Sattel fallen und nahm die Zügel auf. Der Druck an meinen Mundwinkeln ließ mich zurückdenken, wie es früher war, als ich geritten wurde. Damals hatte die Furcht vor Schmerz meine Gedanken dominiert und ich hatte sie sogar fast akzeptiert. Dann war ich zu Katja gekommen und hatte keine Angst mehr haben müssen. Doch was war nun? Katja hatte mich verlassen und nun sollte ich auf dieses Mädchen hören, obwohl sie wie all die anderen Menschen von früher war. Unglücklich ließ ich den Kopf sinken und spürte wieder diesen schrecklichen Druck im Maul.

»Na dann, los geht's. Vorwärts!«, sagte das Mädchen auf mir und ihre Beine drückten in meine Seiten. Gehorsam setzte ich mich in Bewegung. Ich realisierte, dass das Mädchen den Druck auf meinen Bauch weiter aufrechterhielt und nicht wegnahm. Sie war ganz und gar nicht wie Katja, dachte ich betrübt. Nachdem ich einige Runden auf dem sandigen Platz gedreht hatte, spürte ich plötzlich, wie das Mädchen die Zügel noch enger fasste und das Ding in meinem Maul furchtbar spannte. Dann verstärkte sie auch noch den Druck mit ihren Beinen. Nun war ich wieder irritiert. Sollte ich nun anhalten oder schneller vorwärtsgehen? Ich reagierte also nicht sofort, sondern lief einfach im Schritt weiter. Das Mädchen auf mir spannte ihren ganzen Körper an und – zack – spürte ich einen Schmerz an meiner Hinterhand. Sie hatte mich mit der Gerte geschlagen, welche sie mitgenommen hatte.

Automatisch suchte ich einen Ausweg nach vorn und verfiel in einen schnellen Trab. An meinem Hals fühlte ich nun ihre Hand, mit der sie mich mehrfach abklopfte. War das eine Belohnung? Während der ganzen Reitstunde konnte ich nicht aufhören, mir ständig neue Fragen zu stellen. Was wollte sie von mir? Ihre harte Hand sagte mir: ›Werde langsamer‹, oder ›Bleib stehen!‹. Ihre Beine vermittelten mir jedoch etwas gänzlich anderes, nämlich: ›Lauf schneller!‹ Wie sollte ein Pferd diese ganzen gegensätzlichen Signale, richtig deuten? Ich konnte doch nicht in den Kopf dieses furchtbaren Menschenmädchens hineinschauen!

Nach einiger Zeit hatte ich angefangen stark zu schwitzen und durch die Trense lief mir der eigene Speichel aus dem Maul. Meine Muskeln waren bis zum Zerreißen gespannt. Schon lange war ich nicht mehr so unglücklich gewesen. Das Mädchen hockte wie ein schreckliches Unheil auf meinem Rücken und spornte mich zu Höchstleistungen an. Ich hatte das Gefühl, sie ließ mich mit Absicht extrem lange traben und galoppieren. Dabei hatte schon eine ganze Weile niemand mehr mit mir trainiert und ich wurde immer müder. Meine Atmung war angestrengt und ich schnaubte mit jeder weiteren Runde mehr.

Erst nach einer gefühlten Ewigkeit ließ sie mich zum Schritt durchparieren und lockerte ihre Beine und Hände. Nun durfte ich auch meinen Kopf wieder senken, denn das Mädchen ließ die Zügel länger. Am liebsten hätte ich mich sofort hingelegt und ausgiebig gewälzt, denn mein Fell klebte auf meiner Haut. Doch noch saß sie auf mir. Ich hoffte sehr darauf, dass sie mich bald wieder zu meiner Herde brachte. Dort fühlte ich mich geborgen. Jetzt erst, als meine Muskeln sich ein wenig entspannten, bemerkte ich die Schmerzen in meinem Rücken. Sie waren genau dort, wo der Sattel auflag. Leider konnte ich absolut nichts dagegen unternehmen.

Schließlich stieg sie von mir ab und führte mich zu dem Platz mit den Pfosten. Dort befreite sie mich von der schrecklichen Trense und dem drückenden Sattel. Das war zwar schon eine große Erleichterung für mich, aber dennoch spürte ich den stechenden Schmerz in meinem Rücken. Lieblos fuhr mir das Mädchen mit einem der Putzdinger über meinen Körper, kratzte an meinen Hufen herum und brachte mich dann endlich auf die Weide. Kaum hatte sie mir das Halfter vom Kopf gezogen, raste ich fort von ihr.

Wie von einer großen Last befreit, galoppierte ich über die Wiese um die Herde herum und buckelte einige Male. Ich spürte, wie die Verspannungen in meinem Rücken besser wurden. Das hatte ich gebraucht! Schon nach einigen Augenblicken beruhigte ich mich wieder und ließ mich dann genüsslich auf den Boden fallen, wo ich mich ausgiebig wälzte. Wie gut das tat! Plötzlich erinnerte ich mich zurück. Der graue Wallach hatte auch einmal so etwas gemacht, nachdem er von der dicken Frau geritten worden war. Nun wusste ich, wie er sich gefühlt haben musste.

Eine unerwartete Begegnung

Seit ich geboren wurde, war ich von Menschen abhängig gewesen. Sie hatten schon immer die Kontrolle über mich und meine Artgenossen übernommen. Sie fütterten uns, brachten uns mal auf die Weide und sperrten uns manchmal in engen Boxen ein. Mit der Zeit hatte sich jedes Pferd - auch ich - an so etwas gewöhnt. Es gab nur eine Sache, die für uns wirklich furchtbar war: Wir waren ganz und gar ihren Launen und ihrem Willen ausgesetzt.

Waren sie wütend, ließen sie es oftmals an uns aus. Wollten sie uns nicht mehr, wurden wir einfach an den Nächsten weitergereicht. Manchmal hatte man dann als Pferd sogar Glück. Dieses Glück hatte ich, als ich zu Katja gekommen war. Ein besseres Leben hatte ich nie geführt.

Und jetzt war schon wieder alles anders. Sie hatte mich verlassen; vielleicht wollte sie mich ja auch nicht mehr. Stattdessen überließ sie mich diesem gemeinen, zierlichen Mädchen. Doch auch hier hatte ich keine Wahl.

Ich fühlte mich zurückversetzt in eine vergangen geglaubte Zeit. Es war alles wie in meinem früheren Zuhause. Die Schmerzen beim Reiten, die geringe Zuwendung.

Wie auch schon zu dieser Zeit begann ich, nur noch zu funktionieren. Ich tat einfach, was das zierliche Mädchen von mir wollte, um Ärger aus dem Weg zu gehen, selbst wenn es für mich unangenehm war.

Außer dieser Person schien sich auch sonst niemand um

mich kümmern zu wollen. Einzig und allein das Mädchen Lisa kam hin und wieder auf der Weide zu mir und kraulte mich an Kopf und Hals. Diese Momente genoss ich sehr.

Zu meinem Glück kam das zierliche Mädchen nicht so oft, wie Katja es immer getan hatte. Wenn sie auf mir geritten war, kehrte sie meist die nächsten zwei oder drei Tage gar nicht wieder und ich hatte meine Ruhe. Dafür war ich sehr dankbar, denn durch ihre Reitweise bekam ich jedes Mal Rückenschmerzen.

***

An einem trüben, schwülen Tag graste ich gerade ruhig und unbekümmert neben meinem Wallach-Freund. Die Sonne hatte schon lange ihren höchsten Punkt erreicht. Wir standen etwas abseits der Herde, als ich aus dem Augenwinkel eine Bewegung am Zaunstor wahrnahm.

Ich hob den Kopf und versuchte zu erkennen, welcher Mensch es diesmal war, der unsere Weide betrat. An diesem Tag waren bereits viele Zweibeiner da gewesen, um Mitglieder aus unserer Herde mitzunehmen, darunter waren auch unsere Leitstute und mein Wallach-Freund gewesen.

Nun näherte sich die Person uns und ich musste mit Erschrecken feststellen, dass es das zierliche Mädchen war. Sofort drehte ich mich weg von ihr und lief in Richtung meiner Herde. Ich wollte heute nicht mit diesem schrecklichen Menschen mitgehen. Sie tat mir doch nur wieder weh! Also entschloss ich mich, vor ihr wegzulaufen.

Vielleicht ließ sie mich in Ruhe, wenn es mir oft genug gelang, ihr zu entwischen? Ich versteckte mich hinter unserer Leitstute und beobachtete jeden Schritt des zierlichen Mädchens.

Mit forschem Schritt lief sie weiter auf mich zu. Gerade als sie fast bei mir angekommen war, setzte ich mich wieder in Bewegung und ging mit schnellem Schritt hinter die große schwarze Stute. Sie mochte mich immer noch nicht besonders, doch sie schien zu verstehen, dass ich vor dem Mädchen flüchten wollte. Also duldete sie mich an ihrer Seite.

Das zierliche Mädchen sagte etwas. Ihre Stimme verriet mir, dass sie wütend war. Auch jetzt wartete ich wieder so lange, bis sie fast bei mir angelangt war, dann lief ich erneut vor ihr weg. Nun entfernte ich mich ganz von meiner Herde und ging in Richtung unseres Unterstandes. Ich blieb wieder stehen und beobachtete das Mädchen. Vielleicht gab sie ja schon jetzt auf?

Leider tat sie das nicht. Sie stiefelte mir weiter hinterher, allerdings wurde sie nun schneller und kam mit ausgestreckten Armen auf mich zu. Auch ich passte mich dem Tempo an und floh vor ihr in einem straffen Trab, ließ sie dabei aber keine Sekunde aus den Augen. Die Pferde aus meiner Herde beobachteten interessiert das Geschehen.

Je schneller das Mädchen hinter mir her rannte, desto zügiger wurde auch ich, bis ich schließlich begann, zu galoppieren. Seitlich hinter mir hörte ich das zierliche Mädchen bereits keuchen und ich hoffte, dass sie bald aufgeben würde.

Leider hatte ich mich getäuscht, denn nun tat sie etwas, womit ich nicht gerechnet hatte: Sie schnitt mir den Weg ab. Die ganze Zeit war ich an dem Zaun der Koppel hinauf- und hinuntergelaufen und hatte sie dabei immer hinter mir gelassen. Doch gerade, als ich mich wieder um meine eigene Achse gedreht hatte, machte sie einen Satz zur Seite und stand genau vor mir.

Völlig überrascht bremste ich ab, drehte mich erneut um und fand mich in einer für mich sehr ungünstigen Situation wieder. Denn nun stand ich genau zwischen dem zierlichen Mädchen und der Ecke des Weidezaunes. Also blieb mir nur eine Möglichkeit: Ich musste zur Seite auf die offene Weidefläche ausweichen. Leider hatte auch das zierliche Mädchen meine Absichten durchschaut und gerade, als ich dazu ansetzte, zur Seite auszuweichen, sprang sie mir erneut in den Weg.

Immer weiter wurde ich von ihr in die Ecke gedrängt, bis ich schließlich keinen Ausweg mehr hatte. Das Mädchen kam auf mich zu, griff nach meiner Mähne und zog mir, so schnell sie konnte, das Halfter über den Kopf. Einen Moment überlegte ich noch, ob ich mich von ihr losreißen und noch einmal weglaufen sollte, als sie mir unvermittelt mit dem Führstrick mehrere harte Schläge auf die Brust verpasste. Da hinter mir der Zaun war, konnte ich nicht einmal ausweichen und bekam so ihre ganze Wut zu spüren. Bei jedem Schlag riss ich meinen Kopf weiter nach oben, aus Angst, sie könnte mich auch dort treffen. Schließlich ließ sie davon ab und stapfte mit mir am Strick in Richtung des Zauntores davon. Mit erhobenem Kopf und aufgestellten Ohren folgte ich ihr, während ich die Blicke der anderen Pferde auf mir spürte.

Wie auch die anderen Male wurde ich am Platz mit den Pfosten angebunden, grob geputzt und zum Reiten vorbereitet. Widerwillig ließ ich mir die Trense in mein Maul schieben, hielt die Luft an, während sie den Gurt an meinem Bauch festzog und beobachtete sie dabei genau.

Nachdem sie mit mir fertig war, setzte sie sich das schwarze Ding auf den Kopf und klopfte dann einige Male mit der Gerte gegen ihr Bein. Es war eine bedrohliche Geste. Von der Gerte hatte sie mittlerweile bei jeder Reitstunde Gebrauch gemacht. Wenn die Rückenschmerzen für mich beinahe unerträglich geworden waren und ich deswegen das Tempo selbstständig drosselte, spürte ich sofort ihren harten Schlag auf meiner Hinterhand.

Also versuchte ich bei jeder neuen Trainingseinheit, die Schmerzen meiner Muskeln und der Wirbelsäule zu ignorieren und nicht langsamer zu werden. Doch das Mädchen arbeitete immer sehr lange mit mir und meist war meine Erschöpfung nach einer Weile so groß, dass ich das Tempo einfach nicht mehr halten konnte.

Das zierliche Mädchen nahm mich schließlich an den Zügeln mit zu dem sandigen Platz. Dort zog sie wieder, so fest sie konnte, an meinem Gurt herum. Ich wäre am liebsten wieder davongerannt. Als sie fertig war, fasste sie mit einer Hand nach den Zügeln, stellte einen ihrer Füße in den

Steigbügel und ließ sich unsanft auf meinen Rücken fallen. Sofort nahm sie die Zügel, so kurz es ging, auf und zog damit meinen Kopf in Richtung meiner Brust. Das machte sie auch immer, hatte ich bemerkt. Da ich meinen Kopf deswegen so stark herunternehmen musste, hatte ich manchmal sogar das Gefühl, nicht richtig atmen zu können. Dann schnaubte ich meistens mehrmals und versuchte den Kopf zu schütteln, um mich aus dieser misslichen Haltung zu befreien.

Das zierliche Mädchen drückte nun ihre Beine an meinen Bauch und ich setzte mich in Bewegung. Die Muskeln meines Körpers waren schon wieder allesamt hart und vor Anspannung begann ich sofort zu schwitzen. Das Mädchen machte mir wirklich Angst.

Nachdem ich zwei Runden auf dem Platz gedreht hatte, spürte ich, wie sie auf mir ihre Position leicht veränderte. Sie spannte sich an und gab mir dann das Signal, schneller zu werden. Ich verfiel also in einen leichten Trab. Runde um Runde lenkte sich mich über den Sand, mal in größeren und mal in kleineren Kreisen.

Doch schon bald reichte ihr das nicht mehr und sie trieb mich in den Galopp. Immer öfter schnaubte ich, da sie mich nun unablässig in diesem Tempo hielt und mich mit der Gerte schlug, sobald ich langsamer werden wollte Meine Umgebung nahm ich mittlerweile gar nicht mehr wahr, da genau auf meiner Augenhöhe der Zaun verlief und das Mädchen nicht zuließ, dass ich den Kopf höher oder tiefer nahm.

Da hörte ich plötzlich eine vertraute Stimme.

»Sag mal, Ida! Kannst du mir erklären, was du da mit meinem Pferd veranstaltest?«

Diese Stimme ... das war doch ... aber konnte das möglich sein ...? Ich kämpfte, um meinen Kopf heben zu können und hatte damit sogar Erfolg. Und tatsächlich. Katjas Statur würde ich überall wiedererkennen.

Ich spürte, wie sich das zierliche Mädchen mit einem Mal komplett anspannte. Sie parierte mich plötzlich und völlig überraschend zum Schritt durch und ließ mich dann einige Schritte in Katja's Richtung gehen.

Diese sah etwas unheimlich aus, denn sie hatte zwei lange, komische Stöcke bei sich und stützte sich darauf. Ich war sehr überrascht, sie zu sehen. Mit schnellem Schritt bewegte ich mich auf sie zu, bis ich mit einem Mal die harte Hand von dem zierlichen Mädchen spürte, als sie stark an meinen Zügeln zog. Das Metallding drückte an meinen Mundwinkeln und ich sperrte vor Schreck und Schmerz kurz mein Maul auf. Dann blieb ich – wider Willen – stehen.

Seltsamerweise kam Katja nicht näher zu uns, sondern blieb draußen vor dem Zaun. Das zierliche Mädchen stieg ab und führte mich dann endlich zu der von mir lang vermissten Person.

»Hallo Katja ...«, hörte ich das Mädchen sagen und ihre Stimme klang verändert. Nicht mehr so hart und bösartig, sondern ... ja, fast ängstlich.

»Ida, so war das alles nicht abgesprochen! Wieso hat Toffka ein Gebiss drin? Wir hatten abgemacht, dass du ihn so reitest, wie ich das auch immer mache!«

Wir waren mittlerweile am Zauntor angekommen und nur das trennte mich noch von Katja. Aufgeregt tänzelte ich hin und her und war völlig überrascht, dass ich von dem zierlichen Mädchen keinen Schlag abbekam.

In meinem Kopf überschlugen sich die Gedanken. Zum einen war ich beinahe glücklich, als ich Katja wiedersah - denn mit ihr verband ich viel Gutes. Andererseits wusste ich auch nicht recht, was ich nun davon halten sollte. Katja hatte mich im Stich gelassen und war einfach verschwunden. Konnte ich einem Menschen trauen, der mich einfach allein gelassen hatte?

Die hohe, schrille Stimme des zierlichen Mädchens unterbrach meine Gedanken. »Mir war das einfach zu riskant, er ist mir gegenüber ja total aufmüpfig! Und nachdem er sogar dich abgeworfen hat, wollte ich das Risiko ohne Gebiss ja nun wirklich nicht eingehen! Außerdem ist er das doch von früher noch gewohnt. Du hast doch gesagt, die haben ihn auch mit Gebiss geritten ...«

»Ich wollte ihn doch aber gänzlich davon wegbringen und war froh, dass er so ruhig und umgänglich geworden ist. Ida, Toffka ist keins von deinen gedrillten Sportpferden!«

Noch immer trat ich von einem Huf auf den anderen und hörte die beiden miteinander reden. Ihre Stimmen waren laut und aufgebracht. Ich fühlte mich nun zunehmend unwohler. Katja hatte mich bis jetzt völlig ignoriert. Hatte sie mich vergessen? Mochte sie mich nicht mehr? Ich scharrte aufgeregt mit den Hufen.

»... kannst du ihn bitte einfach zum Anbindeplatz bringen? Ich kriege das mit den Krücken nicht hin. Danach kannst du von mir aus gerne gehen.«

Was redeten die Menschen denn so viel? Ich wollte etwas tun oder zumindest frei entscheiden können, wo ich sein wollte, denn zwischen den beiden Mädchen wurde ich immer nervöser.

Endlich beendeten die zwei ihren lauten Streit und das zierliche Mädchen öffnete das Tor. Sie führte mich bis zu dem Platz mit den Pfosten und streifte mir das Halfter über den Kopf, sodass ich nicht weglaufen konnte. Dann ging sie einfach und ließ mich allein dort stehen.

Verwirrt sah ich mich um, sonst musste ich doch nie ohne Begleitung hier sein. Beunruhigt wieherte ich laut und hörte sogleich die Antwort von meinem Wallach-Freund. Meine Herde war also noch da, zumindest in Hörweite. Trotzdem konnte mich das nicht gänzlich beruhigen.

Da fiel mir plötzlich ein Geräusch auf, was ich vorher noch nie wahrgenommen hatte. Es war ein seltsames Klacken, fast rhythmisch und kam aus der Richtung des sandigen Platzes. Mein Kopf schnellte nach oben und meine Ohren versuchten genau zu lokalisieren, wo diese Töne herkamen und ob sie sich näherten.

Unaufhörlich erklang das Klack-Geräusch weiter und ich hielt angespannt Ausschau, als hinter den Bäumen, die seitlich zum Weg standen, Katjas Silhouette auftauchte. Ich erkannte nun, dass sie es war, die diese Töne verursachte. Sie machte das mit ihren zwei seltsam aussehenden Stöcken.

Nun kam sie zu mir. Sie war langsamer als sonst und es sah so aus, als könnte sie nicht richtig laufen.

Ich hatte in meiner alten Heimat auch mal einen Freund auf der Weide gehabt, der ein verletztes Bein gehabt hatte. Er hatte es immer hochgenommen und sich nicht mehr darauf abstützen können.

Als sie endlich bei mir war beobachtete ich, wie sie vorsichtig die zwei Stöcke auf den Boden neben sich legte und dann zu mir trat. Dabei schien sie sich an den Pfosten festzuhalten. Nun stand sie vor mir und hielt mir ihre ausgestreckte Hand entgegen, sodass ich vorsichtig an ihr schnuppern konnte. Kein Zweifel, das war wirklich meine Katja.

Katjas Rückkehr

Katja hatte ihre Arme um meinen Hals geschlungen und stand dann eine ganze Weile einfach so da. Ich rührte mich nicht und versuchte sie zu verstehen, denn von ihr gingen sehr widersprüchliche Gefühle aus. Ich konnte sowohl ihre Freude spüren, als auch so etwas wie ... Trauer.

»Ach Toffka, mein Armer ... Es tut mir so leid ... Was du alles mitmachen musstest! Ab jetzt kümmere nur ich mich wieder um dich, auch wenn's schwer wird, ich versprech's dir!«, flüsterte sie und ließ mich schließlich los.

Dann begann sie lange meinen Hals zu streicheln, dann meine Nüstern und schlussendlich meine Stirn. Zwar genoss ich die Zuwendung, die ich schon seit längerer Zeit nicht bekommen hatte, war aber immer noch skeptisch. Wie lange würde Katja diesmal bei mir bleiben?

Nach einer gefühlten Ewigkeit hörte sie schließlich auf damit, betrachtete mich dann und rief plötzlich: »Oh je, mein Armer. Ich befreie dich jetzt erst einmal von dem ganzen Zeug!« Daraufhin lockerte sie den Gurt an meinem Bauch und streifte den Sattel ab. Danach löste sie die einzelnen Riemen der Trense und zog mir diese schließlich von meinem Kopf. Das Metallding verschwand endlich und ich öffnete und schloss mein Maul ein paar Male, um es wieder zu lockern.

Nun setzte mir Katja noch mein Halfter auf und ich konnte förmlich spüren, wie sie mich ganz genau musterte. Ihr Blick wanderte von meinem Kopf über meine Schulter und meinen Bauch bis zu meinen Hinterbeinen.

Dann sah ich, wie sie etwas aus ihrer Tasche zog und ich streckte neugierig meine Nase danach aus. Aus ihrem Mund entschlüpfte ein glucksendes Lachen und sie streichelte meinen Hals.

»Nein Toffka, das ist nicht zum Essen da! Lass das, du bekommst dann noch etwas von mir!«

Dabei schob sie mit ihrer freien Hand meinen Kopf sanft, aber bestimmt weg von ihr. Erstaunt stellte ich fest, dass sie das Ding an ihr Ohr hielt und plötzlich begann, sehr viel zu sprechen, obwohl kein anderer Mensch in der Nähe war.

»... ja Mama, ja ... Kannst du nicht einfach ... Komm bitte einfach her, Mama! Nein, Ida ist weg ... Mama ... Ich erzähl dir nachher alles! Komm bitte einfach her, mit den Krücken geht das hier alles nicht so einfach!«

Nach einer Weile hörte sie endlich auf zu sprechen und steckte das komische Ding in ihre Tasche zurück. Dann hob sie vorsichtig die zwei Stöcke vom Boden auf und humpelte damit in das Stallgebäude hinein.

Erst nach einiger Zeit kam sie wieder heraus und trug in einer Hand die Box, aus der sie immer die Putz-Dinger herausholte. Bis sie wieder zu mir gekommen war, fiel ihr die Box zweimal laut scheppernd auf den Boden und jedes Mal erschrak ich fürchterlich. Als ihr die Box auch ein drittes Mal auf den Boden fiel, ließ Katja sie einfach dort liegen und öffnete sie. Sie kramte ein wenig darin herum und holte schließlich eins der Putzdinger hervor. Es war das mit den etwas derberen Borsten, was für mich immer besonders angenehm war. Dann begann sie, damit gleichmäßig über mein Fell zu fahren und beinahe sofort schloss ich wieder etwas verträumt meine Augen.

Schon lange wurde ich nicht mehr so sanft geputzt. Nachdem Katja damit fertig war, kratzte sie noch an meinen Hufen herum und kämmte ausgiebig meine Mähne und meinen Schweif. Das hatte schon seit einiger Zeit niemand mehr getan.

Gerade als sie auch das beendet hatte, hörte ich mal wieder das laute Geräusch, was diese seltsamen ›Autos‹ hervorriefen. Ich konnte zwar nirgendwo eines davon sehen, aber mit meinen gespitzten Ohren nahm ich wahr, dass es in unserer Nähe war. Es verstummte dann sehr plötzlich, worauf ein lautes Knallen folgte und menschliche Schritte zu hören waren.

Fast sofort kam eine Frau um das Stallgebäude in unsere Richtung gehastet. Ich brauchte einen Moment Zeit, um mir klar zu werden, dass ich sie schon einmal gesehen hatte. Sie war da gewesen, als ich Katja in meiner alten Heimat zum ersten Mal begegnet war und als ich hierher gebracht wurde.

»Katja ..., ich habe doch gewusst, dass es keine gute Idee ist, wenn du jetzt schon wieder hier herum springst! Du überanstrengst dich nur! Der Arzt hat doch gesagt, du sollst langsam machen ...« Die Stimme der Frau war aufgebracht und laut.

»Mama bitte ... Ich konnte ja nicht ahnen, dass Ida sich nicht an unsere Abmachung hält! Wenn ich das gewusst hätte ... Außerdem habe ich jetzt ganze acht Wochen nur zu Hause herumgesessen! Wenigstens Tante Claudia hat mich verstanden. Sonst hätte mich ja niemand hierher gefahren!«

Die beiden sprachen noch eine ganze Weile miteinander, wobei Katja mich ununterbrochen streichelte. Irgendwann kam auch noch der große Mann dazu und sprach mit den zweien.

Andauernd fiel mein Name und jedes Mal spitzte ich für einen Moment die Ohren. Was redeten die Menschen nur schon wieder? Sie wurden immer lauter und sprachen häufig gleichzeitig. Ich würde nie verstehen, warum Zweibeiner so miteinander kommunizieren.

Die Sonne stand schon recht tief am Himmel, als die drei Menschen endlich aufhörten, miteinander zu sprechen. Katja wandte sich in meine Richtung und schlang erneut ihre Arme um meinen Hals.

»Wir kriegen das schon hin, Toffka. Jetzt wird wieder alles besser!«, sagte sie leise. Dann ließ sie mich los, strich mir noch einmal über die Nüstern und ging mit ihren zwei seltsamen Stöcken davon. Die andere Frau folgte ihr schimpfend und so blieben nur noch der große Mann und ich übrig.

Er kam auf mich zu, streichelte mir über den Hals und begann den Strick von dem Pfosten zu lösen, an welchem ich angebunden war. Plötzlich sagte er etwas. Dabei benutzte er einen leisen, ruhigen Tonfall, den ich noch nie von ihm gehört hatte. »Tut mir leid, du Armer. Hätte ich gewusst, dass das alles nicht abgesprochen war, hätte ich ihr die Trense auch nicht gegeben. Aber jetzt hast du deine Katja ja wieder ..., zumindest wenn ihre Mutter es jetzt endlich wieder zulässt. Ich hoffe es für dich.«

Dann brachte er mich zu meiner Herde zurück. Als er mich von meinem Halfter befreit und das Zaunstor hinter mir geschlossen hatte, stapfte ich zu den anderen Pferden und wälzte mich erst einmal genüsslich. Obwohl mein Rücken wieder schmerzte, fühlte ich mich ein wenig anders als in den vergangenen Tagen und Wochen. Dass Katja wieder da war, ließ mich auf bessere Zeiten hoffen.

***

Doch auch viele Tage später kam niemand zu mir. Ich war zwar froh, dass sich auch das zierliche Mädchen nicht sehen ließ, gleichzeitig war ich aber auch enttäuscht, dass Katja nicht wiedergekommen war.

Ich wurde durch die ganze Situation immer verwirrter. Katja war immer für mich da gewesen, seit ich in meinem neuen Zuhause war. Dann verschwand sie plötzlich und das böse, zierliche Mädchen war an ihrer Stelle gekommen. Und nun kam niemand mehr zu mir.

Vielleicht konnte ich mich doch auf keinen Menschen verlassen. Mir blieb also nur noch meine Herde. Ihre Mitglieder hatten mich kein einziges Mal im Stich gelassen. Ich begann also, den Zweibeinern aus dem Weg zu gehen, so wie früher auch. Sie sorgten nur für Enttäuschungen und Schmerz.

Sobald einer von ihnen auf die Weide kam, um einen

meiner Freunde für eine Weile mitzunehmen, ging ich nun in die entgegengesetzte Richtung, aus der sie kamen.

Wenn das Mädchen Lisa kam, wollte sie mich meistens streicheln. Doch auch ihr ging ich aus dem Weg. Wahrscheinlich würde auch sie mich irgendwann ignorieren und im Stich lassen. Also konnte ich auch von selbst weggehen.

Manchmal kam auch der große Mann auf die Weide und wollte zu mir kommen. Er war sehr hartnäckig, wenn er es versuchte und meist ließ ich ihn nach einer Weile doch an mich heran. Dann streichelte er mich kurz und ging wieder.

***

An einem sonnigen Spätsommertag graste ich wieder neben meinem Wallach-Freund und dem kleinen gescheckten Pony, als ich mehrere bekannte Stimmen vernahm. Ich hob meinen Kopf und sah in Richtung des Weidetores.

Den großen Mann konnte ich erkennen und neben ihm liefen zwei Mädchen. Erst als ich näherkam, erkannte ich das Mädchen Lisa und dann ... Katja.

Sie war also wiedergekommen. Als ich sie das erste Mal nach der langen Pause wiedergesehen hatte, war ich beinahe froh gewesen. Doch dann hatte sie mich zum zweiten Mal für eine längere Zeit verlassen und so war meine Freude diesmal eher verhalten. Je näher sie unserer Herde kamen, desto deutlicher konnte ich ihre Stimmen hören. Ich versuchte so zu tun, als wären sie mir egal, drehte mich also in die entgegengesetzte Richtung und graste einfach weiter. Meine Ohren waren allerdings auf sie gerichtet, damit ich hören konnte, ob sie sich mir näherten.

» ... völlig verändertes Verhalten. Ich glaube, er misstraut uns Menschen jetzt extrem. Dass so lange keiner mehr mit ihm gearbeitet hat, seit Ida hier war, war vielleicht keine gute Idee.« Das war die Stimme des großen Mannes, das erkannte ich ganz deutlich. Sie wurde immer lauter, also kamen sie tatsächlich näher. Ich weigerte mich weiter, nach ihnen zu sehen, auch als ich Katjas Stimme vernahm.

»Ich hätte einfach herkommen sollen ... Ich dachte nur, dass ich mit den Krücken sowieso nichts weiter hätte tun können. Und dass er auf einmal so misstrauisch wird, hätte ich nie gedacht! Warum hast du mir das nicht eher gesagt?!«

»Deine Mutter wollte nicht, dass du herkommst, solange dein Bein nicht wieder ganz in Ordnung ist. Ich wusste auch nicht, was ich tun sollte!«, antwortete das Mädchen Lisa.

Die Menschen waren jetzt so nah, dass ich sie aus den Augenwinkeln heraus ausmachen konnte. Also entfernte ich mich einige Schritte von ihnen.

»Versuch es einfach, Katja. Vielleicht reagiert er ja auf dich ganz anders und freut sich, dich zu sehen. Lisa, wir bleiben am besten erst einmal hier und Katja geht allein zu Toffka.«

Ich stellte fest, dass der große Mann und das Mädchen nicht mehr weitergingen und nur noch Katja auf mich zulief. Ich war mir unschlüssig: Sollte ich stehen bleiben oder einfach weggehen, so wie sie es bei mir getan hatte?

Ich entschied mich dafür, mich ein weiteres Stück zu entfernen. Kaum hatte ich einige Schritte gemacht, hörte ich Katjas Stimme in meinen Ohren. »Toffka! Hey mein Großer! Komm her, mein Guter, komm! Ich bin jetzt wieder da und lasse dich nicht mehr im Stich. Komm zu mir, Toffka, komm!«

So und so ähnlich klangen die Worte, die sie sagte, während sie mir nachlief. Sie war ebenso hartnäckig wie der große Mann und sie ließ sich nicht davon beeindrucken, dass ich vor ihr weglief. Also gab ich nach einer Weile auf, blieb stehen und ließ sie zu mir kommen.

»Na siehst du, mein guter Toffka. Wir kriegen das schon wieder hin. Ab jetzt bin ich wieder jeden Tag für dich da. Ich verspreche es!«

Erneute Annäherung

Katja näherte sich mir vorsichtig und langsam von der Seite, bis sie neben meinem Kopf stand. In aller Ruhe hob sie ihre Hand und begann dann meinen Hals zu streicheln. Ich ließ sie gewähren. Danach fing sie an über meine Nüstern zu streichen, bis ihre Hand schließlich auf meiner Stirn zwischen meinen Augen verweilte.

»Das wird schon alles wieder. Ich weiß, ich bin ja selber schuld.« Langsam hob sie ihren anderen Arm und ich erblickte mein Halfter in ihrer Hand. Ich ließ sie nicht aus den Augen und beobachtete jede ihrer Bewegungen genau. Noch immer war ich skeptisch. Einem Menschen zu vertrauen, der mich schon zweimal allein und im Stich gelassen hatte – war das eine gute Idee?

Trotz meiner Zweifel ließ ich sie schließlich aber doch das Halfter an meinem Kopf befestigen. Nachdem sie damit fertig war, streichelte sie mir wieder sanft den Hals und setzte sich dann in Richtung Weideausgang in Bewegung.

Zunächst blieb ich einfach stehen, unschlüssig, ob es besser wäre, bei meiner Herde zu bleiben oder ihr zu folgen. Doch dann tat sie das, was sie schon oft gemacht hatte, wenn ich ihr nicht folgen wollte: Sie lief in Bögen vor mir her, ihre Körperhaltung war seitlich zu meiner. Das erweckte auch dieses Mal wieder mein Interesse und ich machte schließlich einen zögerlichen Schritt nach vorn. Sofort hörte ich ihre leise Stimme in meine Richtung sprechen: »So ist's brav. Komm nur, mein Junge, komm mit mir mit!« Als ich fast neben ihr stand, drehte sie sich wieder um und lief in Richtung des Weidetores. Ich blieb noch einige Male stehen und sah zu meiner Herde zurück. Sollte ich nicht besser hierbleiben?

Doch immer wieder brachte Katja mich dazu, einen weiteren Schritt in ihre Richtung zu tun, bis sie schließlich das Tor hinter uns schloss. Dann gingen wir zum Platz mit den Pfosten, wo sie mich anband.

Der große Mann und das andere Mädchen waren uns, in einigem Abstand, hinterher gelaufen und standen nun ebenfalls in der Nähe. Die ganze Zeit redeten die drei Menschen miteinander und ich fragte mich indes, was sie von mir wollten.

Nachdem sie aufgehört hatten, sich zu unterhalten, begann Katja damit, mich mit ihren Putzdingern zu bürsten. Obwohl ich das sonst immer sehr mochte, konnte ich mich einfach nicht entspannen. Zum einen lag das daran, dass ich den Menschen um mich herum misstraute – zum anderen lag es daran, dass Katja auf mich einen seltsamen Eindruck machte. Sie wirkte verunsichert und lange nicht so selbstsicher wie sonst auch.

Als sie meine Fellpflege beendet hatte, holte sie die mir bekannten Longen hervor und hängte sie neben mich an den Pfosten. Danach schnallte sie mir den komischen Gurt um, den hatte ich schon lange nicht mehr auf mir gespürt. In Erwartung des schrecklichen Drucks um meinen Bauch, hielt ich sofort wieder die Luft an. Doch Katja war vorsichtig und machte ihn nicht so fest, wie das zierliche Mädchen es immer getan hatte. Trotzdem legte ich meine Ohren an.

»Ist schon gut, Toffka ... Alles gut... Ich brauche mich wirklich nicht wundern, dass er so skeptisch geworden ist, wenn er schon beim Festziehen des Sattelgurts so extrem reagiert, kann Ida wirklich nicht gut mit ihm umgegangen sein. Ich verstehe es einfach nicht ... Früher war sie doch ganz anders!«

»Es bringt nichts, jetzt ständig daran zu denken, was falsch gemacht wurde«, hörte ich die dröhnende Stimme des großen Mannes. »Viel wichtiger ist es, dass ihr jetzt daran arbeitet und ihm sein Vertrauen in die Menschen zurückgebt.«

Katja kam nun mit einer Trense auf mich zu und erneut legte ich leicht die Ohren an. Ich konnte fast schon spüren, wie sich das Metallding schmerzhaft an meinen Mundwinkeln bemerkbar machte. Um meinen Unmut darüber zu zeigen, drehte ich meinen Kopf zur Seite, als Katja mir das Halfter über den Hals streifte und mir die Trense aufsetzen wollte.

Sie folgte allerdings meiner Bewegung und zog sie mir dann über die Ohren. Da stellte ich überrascht fest, dass da gar kein Metallding war. Ich schaute zu Katja und sie tätschelte meinen Hals. »Siehst du, kein böses Gebiss. Alles gut, mein Kleiner!«

Als sie mich von dem Pfosten losmachte und mit mir in die Richtung des sandigen Platzes ging, machte sie noch immer einen angespannten und zugleich unsicheren Eindruck.

Auf dem sandigen Platz befestigte sie die zwei Longen an meiner Trense und dem komischen Gurt und begann dann, mich im Kreis um sie herum laufen zu lassen. Ich erinnerte mich; das hatten wir schon oft zusammen gemacht, es war nur mittlerweile schon etwas her. Damals hatte ich großen Spaß an dieser Arbeit gehabt, was vor allem daran gelegen hatte, dass ich Katja so gern hatte.

Konnte es wieder so sein wie früher? War es möglich ihr noch einmal Vertrauen entgegenzubringen, ohne Angst haben zu müssen, ein drittes Mal enttäuscht zu werden?

Ich achtete die ganze Zeit auf ihre Körpersprache. Schon lange hatte kein Mensch mehr so mit mir kommuniziert, doch Katja versuchte es tatsächlich. Sie stand seitlich zu mir, sah mir nicht in die Augen und machte auch sonst keinen abwehrenden Eindruck, wie so viele andere Zweibeiner es immer taten.

Mit jeder Runde entspannten wir uns beide etwas mehr. Als sie mir das Kommando zum Antraben gab, folgte ich ihrer Aufforderung sofort und hörte umgehend ihre ruhige, lobende Stimme. Als sie mich zum Angaloppieren brachte, fühlte mich zum ersten Mal, seit Katja fortgegangen war, wieder wohl in der Gegenwart eines Menschen.

Am Ende dieser Einheit kam sie zu mir gelaufen, löste die Leinen von dem Gurt und der Trense und schlang die Arme um meinen Hals. Eine Welle ihrer Gefühle überrollte mich und ich fühlte ihren Schmerz, ihre Angst, ihre Trauer und ihr Glück in mir widerhallen.

Erstaunt stellte ich fest, dass sie zitterte und mein Fell an der Stelle etwas nass war, an der ihr Gesicht meinen Hals berührt hatte.

»Ich werde den Teufel tun, dich noch ein einziges Mal allein zu lassen. Wir beide gehören zusammen!«

***

Seit diesem Tag ist die Sonne schon unzählige Male auf- und wieder untergegangen. Katja ließ mich keinen einzigen davon mehr allein und kümmerte sich hingebungsvoller denn je um mich.

Wir wiederholten alles noch einmal, was wir vor ihrem Verschwinden zusammen erarbeitet hatten. Erst als ich ihr wieder zu vertrauen begann, setzte sie sich wieder in den Sattel. Zuvor hatte sie nur vom Boden aus mit mir gearbeitet. Es war mir vor ihr noch nie ein Mensch begegnet, der mit so viel Geduld und Sanftheit mit mir arbeitete. Es war ein Geschenk.

***

Heute geht es mir wieder sehr gut. Ich weiß nun, auf welche Menschen ich mich immer verlassen kann und wer für mich da ist. Selbst, wenn ich ihnen nicht immer zeigen kann, wie viel sie mir bedeuten.

Seit einiger Zeit gehen Katja und ich wieder ins Gelände ausreiten. Wir waren anfangs beide sehr unsicher, denn der letzte Ausritt war für uns beide traumatisch gewesen. Doch mit viel Geduld war es uns beiden gelungen, unsere Ängste zu überwinden. Im Wald passen wir nun gegenseitig auf uns auf.

Wir ergänzen uns mittlerweile so gut, wie ich es noch nie zuvor mit einem Menschen erlebt habe. Seit einigen Tagen übt sie mit mir sogar, in den Pferdehänger zu gehen und ich habe nun fast komplett meine Angst davor verloren.

Durch ihre Einfühlsamkeit und Ruhe zeigt Katja mir jeden Tag, dass ich an ihrer Seite nichts zu befürchten habe. Ich bin froh sie zu haben.

Nachwort

Pferde zählen mit zu den sensibelsten Tieren überhaupt, aufgrund ihrer Größe vergessen wir diese Tatsache leider viel zu oft.

In diesem Buch soll sowohl die englische Reitweise, als auch das Reiten mit Gebiss keinesfalls verteufelt werden. Es gibt sicher genug Gründe, das eigene Pferd mit Gebiss zu trainieren - aktiven Turnierreitern wird auch kaum eine andere Wahl gelassen.

Trotzdem steigt die Anzahl derer, die nach Prinzipien des Natural Horsemanship arbeiten, immer weiter an und es ist ein Umdenken zu erkennen. Natürlich ist das noch die Minderheit. Doch vielleicht wird es irgendwann die Mehrheit. Wer weiß schon wie sich die Szene weiterentwickeln wird?

In der heutigen Zeit wird das Wort ›Problempferd‹ sehr oft verwendet. Dabei sind viele dieser ›Probleme‹ jene, die von uns Menschen verursacht werden; zum Beispiel durch mangelndes Wissen zum Thema Körpersprache.

Pferde haben Urinstinkte, die schon immer da waren und die sie Jahrmillionen vor dem Aussterben bewahrt haben. Wenn wir über diese und das daraus resultierende Verhalten Bescheid wissen, können wir vielen Ärgernissen schon von Anfang an aus dem Weg gehen.

Mittlerweile gibt es unzählige Bücher zu diesen Themen, doch viel lehrreicher als Lesen ist das Beobachten in der Natur. Heutzutage haben wir Menschen kaum noch Zeit für uns, stehen immer unter Stress und gönnen uns keine

Auszeit. Doch wer sich einmal die Zeit nimmt, sich an einen ruhigen Ort setzt und Pferde in der Herde beobachtet, wird viel Nützliches dabei erfahren.

Überhaupt hat Stress bei der Arbeit mit Pferden nicht viel zu suchen. Pferde spiegeln uns perfekt wieder - sind wir genervt, werden sie es auch sein. Genauso ist es auch, wenn wir motiviert und glücklich sind - in diesem Fall wird das Pferd ebenfalls viel lieber mit uns arbeiten.

Liebe Reiter da draußen, nehmt euch genügend Zeit für eure Pferde und genießt jede Sekunde, die ihr mit ihnen verbringt. Arbeitet mit ihnen und nicht gegen sie. Blickt über den Tellerrand hinaus: Gibt es noch andere Möglichkeiten, mit meinem Pferd zu arbeiten, als ich bisher gelernt habe?

Es ist ein steiniger Weg bis zum blinden Vertrauen. Doch wenn man diesen gemeistert hat, hat man auch einen Freund für das ganze Leben.

Auf dass ihr alle immer fest im Sattel (oder auf dem bloßen Pferderücken) sitzen bleibt.

Marie-Therese Goldmann

Danksagung

Es gibt so viele Menschen, denen mein Dank gebührt.
Ihr habt an mich geglaubt und mich angespornt,
weiter an meinem Buch festzuhalten.

Ich danke euch wirklich von ganzem Herzen.

Ganz besonders bedanken muss ich mich allerdings bei
Lisa und Kuno,
die auch einen Platz in meinem Buch erhalten haben,

und
bei meiner Familie,
die mich von Anfang an unterstützt hat.

Marie-Therese Goldmann

»Schnee - Das Pony aus dem Wald«

Nach dem tragischen Tod ihres ersten Pferdes steht für Claire eins fest: Nie wieder will sie etwas mit Pferden zu tun haben. Doch eines Tages findet sie auf einer Lichtung im Wald ein verwahrlostes Pony. Trotz ihres Entschlusses macht sie sich auf, den Besitzer ausfindig zu machen, der kleinen Stute zu helfen und ein besseres Leben zu ermöglichen.

Marie-Therese Goldmann, die Autorin des warmherzigen und lehrreichen Buches »Sieh es mit meinen Augen« hat erneut eine Geschichte über Freundschaft, Hilfsbereitschaft und die Liebe zu Pferden geschrieben. Lesestoff nicht nur für Kinder und Jugendliche, sondern für jeden, der sich für das Thema Leben mit Pferden interessiert.

Veröffentlichung Herbst 2016

Marie-Therese Goldmann wurde am 14.06.1994 in Dresden geboren und lebt bis heute in einer Stadt ganz in der Nähe ihrer Geburtsstadt.

Schon während ihrer Mittelschulzeit hatten es ihr zwei Hobbies angetan:

Das Schreiben von Geschichten und die Arbeit mit Pferden.

Diese beiden Leidenschaften verband sie schließlich in ihrem Erstlingswerk

„Sieh es mit meinen Augen".